LIT.ELF

Drachen-
frühstück

Kurzgeschichten

Von den gleichen Autoren erschienen:

Nenn mich nicht Oma!
(ISBN 978-3-8423-3217-1)

Bleibst du zum Frühstück?
(ISBN 978-3-8423-7167-5)

Böse!
(ISBN 978-3-8482-1933-9)

© 2014
Alle Rechte liegen bei den Autoren

Umschlaggestaltung und Layout:
Barko Bartkowski

Herstellung und Verlag:
BoD - Books on Demand, Norderstedt
ISBN 978-3-7357-2456-4

Inhalt

Bärbel-Wiebke Rasmussen-Bonne
Durchs Schlüsselloch

„Schlaft schön", sagte die Mutter, schaltete das Licht aus und schloss leise die Tür. Die Kinder flüsterten von Bett zu Bett. Sie wussten, heute Abend sollte Besuch kommen zum Trio spielen, deshalb hatte Mutter alle zusammen ins Bett geschickt, auch den Ältesten, der sonst immer länger aufbleiben durfte.

Natürlich waren sie viel zu aufgedreht, um schon schlafen zu können. Angestrengt lauschten sie, als es klingelte und der Besuch eintraf. Die Stimmen verzogen sich schnell ins Wohnzimmer. Die Kinder plapperten noch eine Weile über die Tagesereignisse, als Jörg, der Älteste endlich meinte: „Wir sollten jetzt mal langsam schlafen." Das begeisterte die jüngere Schwester überhaupt nicht. Sie musste noch von ihrem Klaviervorspiel in der Schule erzählen. Sie hatte dafür eine Eins bekommen.

„Pst!", zischte da der Jüngste, er war noch nicht in der Schule. „Sie spielen jetzt". Es wurde ganz leise im Kinderzimmer. Durch zwei geschlossene Türen hindurch hörten sie nach langer Zeit wieder Geigenklänge.

„Mach mal unsere Tür auf", bat der Kleine. Jörg erhob sich, auch er wollte mehr hören, und öffnete sie leise. Aber schon war die Schwester neben ihm und schob sich an ihm vorbei in den Flur. Da stand auch der Kleine auf, und leise tappten die drei barfuß vor die Wohnzimmertür. Die Schwester spähte durchs Schlüsselloch und sah direkt auf ihren Vater, wie er dem Bogen folgend sich zur Musik wiegte. Wie lange hatte er nicht mehr spielen können, weil er im Krieg kämpfen musste! Er hatte nur ein paar Tage Fronturlaub bekommen.

Nun wollten auch die anderen durchs Schlüsselloch schauen. Dabei passierte es, einer stieß gegen die Tür. Das Poltern war unüberhörbar. Da öffnete die Mutter die Tür.

„Ja, was ist denn hier los"? Die Kinder blinzelten erschrocken ins Licht.

„Die Musik war so schön", erklärte der Kleine mutig.

„Na, dann kommt mal rein und sagt allen Guten Abend." Schüchtern machten die drei die Runde mit Diener und Knicks. Dann brachte die Mutter sie wieder ins Bett.

„Nun müsst ihr aber schnell die Augen schließen, es ist schon spät", ermahnte sie. „Ich lasse die Tür angelehnt, dann könnt ihr mit der Musik einschlafen."

Keiner sagte mehr etwas. Jeder horchte solange er konnte in die klingende Dunkelheit.

Danach hörten sie ihren Vater nie mehr Geige spielen. Es war das allerletzte Mal.

Bärbel-Wiebke Rasmussen-Bonne
Alltagssplitter

Mein liebster Feind

Wehe, wenn ich nachmittags zu Hause bin. Egal ob ich am Schreibtisch oder Klavier sitze, am Computer arbeite oder Zeitung lese – er meldet sich mit einer unerbittlichen Pünktlichkeit um halb fünf. Ich könnte die Uhr danach stellen. Dieser Störenfried lässt sich nicht abwimmeln, vertrösten oder gar verdrängen. Als nerviger Quälgeist gibt er keine Ruhe. Er rumort in meinem

Bauch, setzt sich fordernd auf die Zunge und zieht alle Speichelreserven zusammen. Ich habe schon versucht, ihn mit reichlich Wasser hinunterzuspülen, jedoch hat ihn das erst recht wild gemacht.

Wenn ich mich endlich erhebe und in die Küche gehe, frohlockt er. Beim Quietschen der Schranktür sitzt er bereits wieder auf der Zunge und füllt den Mund mit süßen Wasserströmen. Das Klappern des Dosendeckels lässt ihn zappeln, beim Knistern des Stanniolpapiers weiß er sich nahe am Ziel. Aber erst, wenn die Zähne ihm ein dunkelbraunes, viereckiges Stückchen darreichen, schmilzt er dahin. Alle Geschmacksknospen gehen auf und füllen das Mundgewölbe mit unbeschreiblicher Wonne. Nach drei Stückchen ist er meistens zufrieden.

Ich bin ihm täglich ausgeliefert nachmittags um halb fünf.

Stille Post

Ich habe einen Nachbarn, er wohnt genau unter mir. Zu ihm habe ich eine ganz besondere Beziehung entwickelt. Seit er in Rente und daher ständig zu Hause ist, regt er sich über mein Klavierspiel auf. Wenn ich in gedämpfter Lautstärke übe, knallt er Türen und Fenster krachend zu und dreht das Radio bis zum Anschlag auf.

Eines Nachmittags gegen fünf Uhr rief er mich an, während ich gerade ein Adagio von Mozart spielte. Es war kein Gespräch, sondern nur eine einzige Beschimpfung über meine bodenlose Rücksichtslosigkeit, da ich ihn mehr als zwei Stunden am Tag belästigen würde. Meine

Erklärung, dass ich gerade mal eine Stunde spiele und zwei Stunden am Klavier wegen Rückenbeschwerden gar nicht aushalte, unterbrach er, setzte seine Tiraden fort, drohte mit dem Rechtsanwalt und legte dann auf. Seitdem grüßt er mich nicht mehr.

Was macht man mit einem Nachbarn, der unansprechbar ist?

Da kommt mir das ZEITMAGAZIN zu Hilfe. Es veröffentlicht eine Deutschlandkarte mit den landesüblichen Schimpfwörtern.

Ich entscheide mich für den telepathischen Postweg.

An jedem Montag schicke ich ihm nun das Wort „Grantler" zu, denn er kommt aus München.

Am Dienstag nenne ich ihn auf ostfriesisch „Swienjack", am Mittwoch in kölscher Mundart „Fiese Möpp",

am Donnerstag halte ich mich an die Pfälzer und sende ihm „Dappschädel" zu,

am Freitag leihe ich mir bei den Breisgauern den „Schoofskopp" aus und

am Samstag ist das allseits gebräuchliche A----loch dran.

Am Sonntag, wenn ich wegen der Hausordnung eh nicht spielen darf, ist er für mich nur das „Männeken", das keine Ahnung von Bach, Mozart und Schumann hat.

Mit dieser stillen, aber kraftvollen Sprache schaffe ich es trotz Radau von unten, meine tägliche Übungsstunde einzuhalten, und zwar fortissimo!

Alltagsgeister

Chaos auf den Straßen, Chaos in meinem Zimmer, Chaos in meinem Computer ...
Was zu viel ist, ist zu viel! Eine stille Ecke in mir sehnt sich nach Ordnung, Übersicht und Leere.
Mit allergrößter Kraftanstrengung sortiere ich die Stapel auf meinem Schreibtisch, bis nur noch ein kleiner Rest übrigbleibt. Er liegt verschämt in einem Ablagekorb. Der Papierkorb dagegen quillt über.
Auch die Klicks im Computer brauchen ihre Zeit: Dateien einrichten, zusammenführen, löschen. Immer wieder die Gewissensfrage: Brauche ich das eventuell noch oder kann der Papierkorb unwiederbringlich entleert werden?
Wohin mit neuen Büchern, Bildern und noch brauchbarem Bastelkram, wenn die Regale und Schubladen schon voll sind?
Was lässt sich in den Keller verschieben, was verschenken oder entsorgen?
Tatsächlich erreiche ich manchmal den Zustand, der mich aufatmen lässt. Ich genieße den freien Platz, die Klarheit im Raum.
Doch völlig unbemerkt schleichen die Alltagsgeister hinter mir her und lassen hier das gerade gelesene Buch liegen oder Teile der Zeitung, dort eine Jacke oder Schuhe. Der Schreibtisch füllt sich mit Notizen, Flyern und unbeantworteter Post. Ganz unangenehm ist das mit meinen zwei Brillen, sie verstecken sich ständig vor mir.
Ja, ja, ich weiß, ich sollte alles sofort an seinen Platz räumen, wenn da nicht die Geister wären, die Verbündeten des Chaos. Irgendwann holt es mich wieder ein.

Heißt es nicht: „In einem geordneten Hause wohnt eine geordnete Seele"?

Ach, meine Seele, ich finde dich eigentlich schön, so wie du bist. Deshalb tröste dich mit Nietzsches Wort aus Zarathustra:

„Man muss noch Chaos in sich haben, um einen tanzenden Stern gebären zu können".

Mein Lieblingsvogel

Von meinem Lieblingsvogel kenne ich nur die Stimme, leider habe ich ihn noch nie gesehen.

Sein Gesang ist sehr abwechslungsreich. Wenn ich müde bin am helllichten Tag, dann lässt er muntere Triller erschallen, bis ich wieder hellwach bin. Sitze ich am Schreibtisch und will konzentriert arbeiten, dann setzt er ganz in meiner Nähe mit einer perlenden Melodie ein. Ich springe dann auf und laufe ans Fenster, um ihn vielleicht doch mal zu entdecken.

Wenn ich ihm so zuhöre, fallen mir verrückte Dinge ein, die ich gern einmal machen würde. Letztens wollte ich barfuß im seidenen Festkleid in die Oper gehen. Heute hat er mir vorgeflötet, ich solle endlich beim Literatur-Wettbewerb einige meiner Gedichte einreichen, ich würde den ersten Preis gewinnen.

So ist er am Tag und sogar auch in der Nacht aktiv und das zu allen Jahreszeiten. Er muss ein Standvogel sein.

Ob er überhaupt ein Nest hat?

Ich glaube, er hat sich in meinen Ohren eingenistet.

Ich habe beschlossen: er darf da bleiben!

Alltagswunder

Jeden Tag lese ich die hiesige Zeitung. Was auf den ersten Seiten steht, weiß ich meistens schon aus Radio und Fernsehen. Damit bin ich schnell durch.

Die Sportseiten lege ich gleich beiseite. Von den Feuilletonseiten an wird es interessanter. Doch oft lese ich da nur, was schon vorbei ist und interessant hätte sein können. Dem Lokalteil widme ich größte Aufmerksamkeit. Es ist immer gut zu wissen, wann, wo geblitzt wird oder wo Baustellen in den Morgen- und Abendstunden zum Stau führen.

Über die skurrilen Neuigkeiten von Stars und anderen Durchgeknallten auf den letzten Seiten kann ich nur den Kopf schütteln.

Aber die schwarz umrandeten Nachrichten, meistens versehen mit einem Kreuz, fesseln mein ganzes Interesse. Ich bin immer auf der Suche nach neuen Sinnsprüchen, die mein Nachdenken über den Tod anregen. Auch bewegt mich die bange Frage, finde ich bekannte Namen? Außerdem schaue ich mir die Geburtsdaten unter den Namen an. Da sind Menschen gestorben, die mein Jahrgang sind und noch viel Jüngere. Ältere dagegen kommen immer seltener vor.

Soll das etwa heißen ...?

Ich halte inne.

Jeden Tag lese ich die Zeitung und wundere mich, dass ich noch so lebendig bin.

Barko Bartkowski

Aus dem Alltag eines Computer-Experten

1. Der DAU

Lieber Leser, weißt du, was die Abkürzung „DAU" bedeutet? – Eine höchst ärgerliche und despektierliche Bezeichnung für denjenigen, auf welchen sie angewendet wird!

„DAU" steht für „dümmster anzunehmender User", und mit „User" ist ein Computerbenutzer gemeint.

Ein DAU ist aber nicht einfach ein Mensch, der noch neu und unerfahren im Umgang mit dem Computer ist und sich daher ein bisschen dumm anstellt.

Nein, ein richtiger DAU ist jemand, der sich Mühe gibt! Zum Beispiel der, der schon beim bloßen Anblick eines Computers in Panik verfällt, seinen gesunden Menschenverstand in einen abgelegenen Winkel seines Hirns verbannt und dann an dieses absonderliche Gerät mit der Haltung eines Rekruten herangeht, der ohne Anleitung eine Mine entschärfen soll.

So ein DAU traut sich keine Taste zu drücken aus Furcht, irreparablen Schaden anzurichten. Bei jeder ungewöhnlichen Reaktion seines Computers ruft er um Hilfe.

„Mein Computer ist kaputt! Da ist alles nur schwarz!"

„Hast du denn den Bildschirm eingeschaltet?"

„Ich bin doch nicht blöd!"

„Schalte den Bildschirm doch mal aus."

„Oh, jetzt geht er ..."

Oder aber, umgekehrt, ist der DAU jemand, der jede Hilfe weit von sich weist und in dem Wahn lebt, der

Besitz eines Computers mache ihn automatisch zum Experten. Wenn er seit drei Tagen einen neuen PC auf seinem Schreibtisch stehen hat, belästigt er alle Welt mit frisch aufgeschnappten Fachausdrücken und erklärt Besitzern älterer Geräte, dass ihre Technik völlig veraltet sei und grundsätzlich nichts tauge.

So ein DAU lässt sich ausführlich beraten, was für einen Computer er sich denn anschaffen soll – und kauft dann blind das nächste Gerät, das bei ALDI angeboten wird.

Oder er lässt sich (meist vom Sohn des Schwagers eines Kollegen) ein 10 Jahre altes Museumsstück als „Schnäppchen" aufschwatzen – und bittet dann mich, ihm darauf das neueste Action-Spiel zum Laufen zu bringen. Wenn er erfahren muss, dass er mit dieser Hardware allerhöchstens Solitär spielen kann, reagiert er verschnupft – und lässt durchblicken, dass das irgendwie meine Schuld sei.

Auf die Frage, warum er mich denn nicht vor dem Kauf konsultiert hat, vermag er allerdings auch keine befriedigende Antwort zu geben.

Der DAU verlernt auch die Fähigkeit zu lesen. Wenn sein Drucker nicht mehr druckt, bringt er ihn ins Geschäft zurück und beschwert sich, dass das neue Gerät schon kaputt sei. Die Meldung „Tintenpatrone wechseln" auf dem Display hat er gar nicht erst angeschaut, weil: „Dieses Computer-Kauderwelsch versteh ich ja sowieso nicht!"

Einsicht in die eigenen Fehler ist dem DAU fremd – denn das ist ja eben die hervorragendste Eigentümlichkeit jedes DAUs, eher allen andern Menschen, aber nur nicht sich selbst die Schuld zu geben.

Wenn der DAU sich im Laufe der Zeit doch eine gewisse Fertigkeit im Umgang mit dem Computer aneignet, wird alles nur noch schlimmer.

Der DAU speichert eine Datei irgendwo, ohne hinzugucken, und flucht dann, weil er sie nicht mehr wiederfindet.

Der DAU lädt jedes Programm herunter, das er im Internet findet, und wundert sich anschließend, warum sein Computer mit Viren verseucht ist.

Ein Virenschutzprogramm hat er nicht installiert: „Brauch ich nicht, ich mach mit dem Computer doch nichts Wichtiges!", sagt er und fällt aus allen Wolken, wenn die Polizei vor der Tür steht, weil irgendjemand über seinen Internetanschluss Kinderpornografie verbreitet hat. „Ich hab' doch nichts gemacht!", lamentiert er. Das ist überhaupt sein Lieblingssatz.

Den DAU gibt es in unzähligen Variationen.

Von einigen der leidvollen Erfahrungen, die ich im Laufe meiner Tätigkeit als Computer-Experte mit all den verschiedenen Spielarten des DAU machen konnte, will ich jetzt hier berichten.

2. Ich bin ja selber Schuld!

Seit es sich herumgesprochen hat, dass ich „was mit Computer" mache, ruft jeder Hinz und Kunz aus meinem weiteren Bekanntenkreis bei mir an, wenn er ein Problem hat.

Diesmal ist es die zweitbeste Freundin meiner Mutter. Vor einigen Jahren hatte ich ihr die Restbestände an Druckerpatronen geschenkt, die nach dem Alterstod meines Tintenstrahldruckers noch übriggeblieben waren, weil sie das gleiche Modell hatte.

Fatalerweise hatte ich bei der Gelegenheit auch darauf hingewiesen, dass man ja keine Originalpatronen kaufen muss, sondern auch kompatible Patronen von anderen Herstellern nehmen kann. Und dass man diese Patronen am günstigsten im Internet bestellt.

Lieber Leser – kannst du erraten, wer „man" ist? Genau! So kam also wieder einmal der gewohnte Anruf: „Der Drucker druckt nicht mehr. Wenn du mal wieder was im Internet zu tun hast (sic!), bestell mir doch bitte auch noch mal ein paar Patronen."

Na gut, ist ja kein Aufwand. Ich bestelle also schnell die Patronen und lasse sie an ihre Anschrift liefern, wie beim letzten Mal auch.

Ein paar Tage darauf bekomme ich dann einen Anruf von meiner Mutter: „Was hast du denn da wieder gemacht? Die Patronen, die du der Karin bestellt hast, die passen überhaupt nicht! Wenn du Sonntag zum Kaffee kommst, kannst du ja vielleicht bei ihr vorbeigehen und das in Ordnung bringen!"

Der Unterton ist nicht zu verkennen. Erstens: „Du bist Schuld!" Zweitens: „Das ist ein Befehl!"

Widerstand ist zwecklos, am nächsten Sonntag klingele ich also bei der Freundin, werde ins Arbeitszimmer geführt – und da steht doch tatsächlich ein brandneuer Drucker einer Billigmarke!

„Ja, der Alte ging gar nicht mehr an, und beim ALDI hatten die grad ..."

Nachdem ich meine Kinnlade wieder unter Kontrolle habe, versuche ich ihr zu erklären, dass die Patronen ja gar nicht passen können, weil der neue Drucker doch von einem ganz anderen Hersteller als der alte ist.

Die Antwort hätte ich wohl voraussehen sollen: „Aber du hast doch gesagt, dass es auf die Marke nicht drauf ankommt!"

3. Wasch mir den Pelz ...

„Computerservice Bartkowski, was kann ich für Sie tun?"

„Mein Computer geht nicht!"

„Jaaa, wenn ich etwas dagegen tun soll, müsste ich das schon etwas genauer wissen. Was für einen Computer haben Sie denn?" (Jetzt sag bitte nicht ‚einen schwarzen'!)

„Ich weiß nicht ... Moment, da steht ... Mohde – Sätt!"

„Das ist der Bildschirm. Der Computer ist der Kasten unter dem Tisch. Ich meine aber eigentlich ... Hallo?" (*raschel* *polter* *ächz* – BUMM! ... *stöhn*)

„Da steht: Deh-Vau-Deh-Wriehter!"

„Gut, ja ... Ich meinte eigentlich: Was für ein Betriebssystem haben Sie?"

„Google!"

Ah ja, wieder einer von *diesen* Kunden …

Ich fahr' also hin.

Der Herr hat einen mindestens 15 Jahre alten PC, der eigentlich ins Museum gehört.

(Wo Windows ME hingehört schreib' ich nicht, es könnten Kinder mitlesen.)

O-Ton: „Ich wollte so ein Ding eigentlich gar nicht. Ich bin 50 Jahre lang sehr gut ohne ausgekommen. Aber mein Enkel hat gemeint, ich müsste unbedingt so was haben."

Und flucht auf das „Drecksding, das eigentlich niemals richtig funktioniert hat".

Eine kurze Untersuchung bestätigt meine Anfangsdiagnose: Altersdemenz. (Beim PC, nicht beim Benutzer. Bei dem ist das nur Ignoranz und Sturheit.)

Jeder Versuch, vorsichtig eine Neuanschaffung anzuregen, wird sofort abgeblockt: „Wieso denn, da war doch nie was dran, der ist immer problemlos gelaufen!"

Hab' ich Probleme mit dem Kurzzeitgedächtnis oder klang das eben noch anders?

Meine Reanimations-Bemühungen werden erschwert durch Fachkommentare wie: „Was machen Sie denn da?" – „Ich lösche die temporären Internet-Dateien." – „SIND SIE VERRÜCKT? Sie können mir doch nicht das Internet löschen!" oder „Machen Sie bloß keine Updates! Nein, das will ich nicht! Das hat mein Enkel mal gemacht, danach sah alles ganz anders aus!"

Irgendwie kriege ich die Kiste doch noch zum Laufen, ohne „irgendwas zu verändern". Ich mache den Kunden noch darauf aufmerksam, dass das nur eine Leukoplast-Lösung ist und seine Probleme wiederkehren werden. Er glaubt mir kein Wort. Sein Gesicht sagt deutlich „du willst doch nur noch mehr Geld aus mir herauspressen".

Mittlerweile sind zwei Monate vergangen. Langsam werde ich unruhig. Was ist denn los? Eigentlich hätte schon längst der obligatorischen Anruf kommen müssen: „Sie haben alles kaputt gemacht!"

4. Orientierungslos

Ein Herr D. ruft an: „Der Computer macht so komische Geräusche!"

Das folgende Gespräch ergibt, dass wohl das DVD-Laufwerk kaputt ist. Ich habe noch genug davon aus ausgeschlachteten Rechnern herumliegen, also biete ich ihm an, eines davon einzubauen.

Er bringt seinen Mini-Tower vorbei, muss aber ganz schnell weg zu einem Termin. Egal, ich mache die Kiste fertig, er kann sie dann abholen.

Später am Abend kommt dann sein Anruf:

„Ja, also, tut mir leid, aber ich glaube, Sie haben mir das falsche Laufwerk eingebaut. Die CDs passen da gar nicht rein!"

„Wie soll ich das verstehen, die passen nicht rein?"

„Ja, die liegen da so wackelig. Und wenn ich die Schublade zumache, verklemmen die sich."

„Sie müssen drauf achten, dass die CD auch genau in der Mulde liegt."

„Da ist keine Mulde! Deshalb meine ich ja, Sie haben das falsche Gerät eingebaut!"

Ich bin verwirrt: „Also, das Gerät ist schon richtig, ich hab's getestet, bei mir lief alles einwandfrei ..."

Moment, da fällt mir ein: das war doch so ein ganz schickes Gehäuse, wo alles hinter Klappen versteckt ist. Unten eine, hinter der sich Speicherkartenleser und diverse Buchsen verbergen, oben zwei für DVD-Laufwerke, von denen aber nur der obere Schacht belegt ist. Hat der vielleicht die CD in den leeren Schacht ...?

„Wo haben Sie die CD denn eingelegt, in der oberen oder der unteren Klappe?"

„In der unteren ..."

18

Aha!

„... ich weiß auch gar nicht, warum Sie das da ganz unten eingebaut haben, da kommt man fast kaum dran, so dicht überm Boden!"

Wie? Was?

Der wird doch wohl nicht ...

„Herr D., schauen Sie mal auf der Oberseite des Gehäuses: sind da so vier kleine Gummifüße?"

„............"

„Herr D., sind Sie noch da?"

„... 'tschuldigung!"

Klick.

5. *Kostensenkung*

Eine kleine Firma, deren Rechner ich betreue, ruft an: einer ihrer PCs hat seltsame Aussetzer.

Das Problem ist schnell identifiziert: die Festplatte hat – für ihr Alter untypisch viele – fehlerhafte Sektoren. Kein großes Problem: „Ich baue Ihnen eine neue ein und überspiele die Daten ..."

Der Chef ist damit aber gar nicht einverstanden: „Kommt ja überhaupt nicht in Frage! Immer gleich alles neu, das ist doch reine Geldschneiderei, das kann man doch auch reparieren!"

„Ja, sicher, aber das lohnt sich nicht, weil ..."

Er schwenkt triumphierend eine Computerzeitschrift: „Schaun Sie mal hier, hab ich gerade gelesen! Da steht alles drin, wie man das macht. Das geht sogar mit kostenlosen Programmen aus dem Internet!"

„Das schon, aber so was dauert seine Zeit. Sie kennen ja meinen Stundensatz. Und außerdem ...“

„Was-was-was! Mehr als zwei-drei Stunden kann das ja wohl nicht dauern.“

„Ja, das dürfte hinkommen, plus die Zeit fürs Datensichern und Überspielen; aber trotzdem würde ich Ihnen empfehlen, eine neue Platte zu nehmen, weil ...“

Er lässt mich einfach nicht ausreden: „Sie sind ja schlimmer als ein Versicherungsvertreter! Schluss jetzt! Sie machen das! Solange ich Sie bezahle, machen Sie, was ich Ihnen sage!“

„Na gut, wenn Sie darauf bestehen.“

Wer nicht hören will ...

Am nächsten Tag macht er ein langes Gesicht, als ich ihm die Rechnung präsentiere. Weil ich mir schon so etwas gedacht habe, hab ich jeden Handgriff penibel aufgeführt.

„Hm, ja, hat wohl seine Richtigkeit“, grummelt er. „Wenigstens läuft das jetzt wieder!“

„Das schon, aber es gibt natürlich keine Garantie, dass die Platte nicht wieder Aussetzer entwickelt. Deshalb hatte ich Ihnen ja eine neue nahegelegt.“

„Ja, ja, aber was hätte die gekostet?!“

„Circa 39 Euro.“

Schade, dass ich keine Knopfloch-Kamera dabeihatte, um seinen Gesichtsausdruck festzuhalten.

6. Eigentor

In einem Technik-Forum im Internet finde ich diesen Kommentar:

„Also, was mir dabei nicht in den Kopf will, wenn das Auto einen Motorschaden hat, oder der Fernseher irgendwie komisch zuckt, nehmen solche Leute dann einen Schraubenzieher in die Hand und schrauben erstmal alles auf, was sie in die Finger bekommen und fummeln an den Innereien rum?"

Wieso? Klar machen die das! Ähm, ich zumindest.

Eines Tages streikte meine Waschmaschine. Es lief einfach kein Wasser mehr ein.

Von Waschmaschinen verstehe ich soviel wie ein Regenwurm vom Breakdance – aber man hat ja doch gewisse technische Grundkenntnisse sowie gesunden Menschenverstand. Wär doch gelacht, wenn ich das nicht hinbekäme.

Also, das Problem ist der Wasserzulauf. Das muss dann wohl das Ventil sein. Bauen wir das doch mal aus ...

Eine Dreiviertelstunde und zwei abgebrochene Fingernägel später hatte ich die Maschine endlich so weit auseinander, das ich das Drecksding raus bekam.

Nachdem ich es von allen Seiten gründlich betrachtet hatte, ging mir langsam auf, dass ich nicht die geringste Ahnung hatte, was ich jetzt damit anstellen sollte.

Also ging ich damit zum örtlichen Sanitär- und Elektrohändler, fragen, ob der nicht so eins gebraucht rumliegen hat. Hatte er nicht. Dafür nahm er das Teil genauer unter die Lupe und meinte: „Sieht ganz in Ordnung aus. Ich glaube nicht, dass das kaputt ist. Aber ich kann mir die Maschine ja mal anschauen."

Zähneknirschend machte ich einen Termin aus. Das wollte ich ja eigentlich vermeiden: der Kerl hat höhere Stundensätze als ich!

Er kam, baute in Nullkommanix die Maschine wieder zusammen, knallte die Tür zu: Wasser lief ein!

„Wie – was – wo? Kann gar nicht sein!"

(Ich fürchte, ich hab' mich angehört wie ein Fünfjähriger, der mit dem Fuß aufstampft und schreit: „Das gildet nicht!")

Der Meister: „Ja, das liegt meistens an der Türverriegelung!"

Tür auf, Tür zu – diesmal mit weniger Schmackes:

„Sehn Sie, hier: die Lampe geht nicht an. Wenn die Türverriegelung nicht richtig eingerastet ist, sperrt die Maschine natürlich den Wasserzulauf."

Für diese Erkenntnis durfte ich dann einen „Sonderpreis" zahlen. Seither beschränke ich meine Bastelleidenschaft auf Computer.

Barko Bartkowski

Der Tisch

Ich habe den alten Küchentisch nie weiter beachtet. Er war einfach da, in dem Bauernhaus, in dem unsere Familie schon immer gelebt hat.

Er ist einfach nur ein massiver Tisch. Nicht, was man heutzutage als „Bauernmöbel" für teures Geld in den Antiquitätengeschäften findet. Nur eine feste Platte aus miteinander verleimten Brettern und vier Beine. Die Beine sind ebenfalls verleimt. Ich habe die Stelle, wo ein Bein an der Platte befestigt ist, direkt vor meinen Augen, und ein einzelner Tropfen quillt aus der Fuge hervor, nach all den Jahren hart und braun wie Bernstein.

Zusätzlich ist das Bein noch verschraubt, in einem viereckigen Holzklotz, mit vier dicken, leicht rostigen Eisenschrauben. Damals hat man Möbel noch für die Ewigkeit gebaut.

Aus welchem Holz der Tisch wohl gemacht ist? Eiche vielleicht? Ich kenne Eichenmöbel: helle Eiche, dunkle Eiche, Eiche rustikal ... Aber diese Vorzeigemöbel sind immer sauber poliert und gewachst. Dieses Holz hier ist unbehandelt, rau und rissig.

Das Holz hat Narben: Dellen, Kerben, einen langen Schnitt wie von einem Messer. Aber kein einziges Wurmloch ist zu sehen. Trotz seines Alters ist der Tisch solide.

Das Holz ist nicht braun, rötlich oder beige, wie Holz eben sonst ist, sondern grau. Ausgeblichen im Laufe vieler Jahre. Die Maserung tritt nur in Abstufungen von Schwarz bis Hellgrau hervor. Trotzdem ist die Maserung schön. Jedes Brett hat seine eigene Zeichnung: schräg zur Schnittrichtung, mit feinen querlaufenden Fasern in jeder dunklen Partie, oder fast parallel zur Baumachse geschnitten, so dass die Fasern auffächern wie Vogelfedern. Oder unregelmäßig gemustert, in sich teilenden Bahnen, fast wie ein Zebrafell. Eine der Maserzeichnungen sieht aus wie aufeinanderfolgende Wellen, die an einen Strand schlagen. Ein Astloch ist ein vorgelagerter Felsen, an dem die Wogen sich brechen.

Plötzlich fällt Licht ein, beleuchtet die Platte schräg von unten und hebt jede Einzelheit der Maserung dreidimensional hervor. Die Tischunterseite verwandelt sich in ein Relief, eine Landschaft; tiefe Schluchten tun sich auf, sanfte Hügel, Dünen bei Sonnenaufgang ...

Eine Stimme ruft: „Da liegt noch einer drunter!"

Die Tischplatte entschwindet nach oben, aus meiner Sicht.

Kräftige Hände ziehen mich aus den Trümmern meines Hauses.

Barko Bartkowski

Die Diktatur der Kopfschüttler

Ich sehe mich veranlasst, in einer fremden Stadt einen Frisör aufzusuchen. Der Meister fährt missbilligend mit der Hand durch meine schütter werdenden Locken und meint kopfschüttelnd: „Sie müssten aber dringend etwas für Ihr Haar tun! Ihre Kopfhaut ist viel zu trocken."

Ich traue mich anzumerken, dass ich doch, auf Empfehlung meines Hausfrisörs, dagegen schon seit Jahren das bekannte Haarowol benutze.

„Was, das wird immer noch verkauft? Das sollten Sie keinesfalls verwenden, oder wollen Sie vorzeitig kahl werden? Ihr Frisör muss ein schöner Stümper sein, wenn er das noch empfiehlt!"

Ah, so ist das also. Ich bin aber nicht überrascht. Diesen Dialog führe ich – in Variationen – nämlich schon seit Jahren. Es scheint mein Schicksal zu sein, immer an die falschen Experten zu geraten.

Unser Kaminholz wurde jahrelang von Herrn Schobert geliefert. Der hatte damals, bei unserem Einzug, auch gleich einen Verschlag für das Holz an der linken Hausseite gezimmert. Ich hätte das Holz ja lieber rechts gelagert, wo man es nicht so sieht, aber Herr Schobert bestand darauf: „Das muss links hin, wo der Wind durchgeht, sonst wird das nicht richtig trocken. Glauben Sie mir, ich kenn mich aus!"

Beeindruckt von so viel Sachkenntnis, folgte ich natürlich seinem Rat. Der Verschlag wurde links, neben der Terrasse, errichtet.

Als ich dieses Jahr wieder Holz bestellen will, erfahre ich, dass Herr Schobert sein Geschäft aufgegeben hat. Ich bestelle also bei Herr Ziemer. Der kommt – und schüttelt den Kopf: „Wer hat denn diesen Murks angerichtet?"

„Was meinen Sie?"

Er deutet auf den Holzverschlag: „Sie können Ihr Holz doch nicht auf der Wetterseite lagern. Das wird doch alles feucht!"

Ich wage den schüchternen Einwand, das Holz sei aber doch bisher immer trocken geblieben.

„Wir hatten eine untypische Wetterlage die letzten Winter. Glauben Sie mir, wenn der Regen da reinschlägt, dann fängt Ihnen alles an zu faulen. Hören Sie auf meinen Rat, lassen Sie mich lieber den Verschlag auf die andere Seite versetzen. Ich kann Ihnen einen guten Preis machen."

Da hat Herr Schobert also die ganze Zeit unrecht gehabt! Gut, dass ich jetzt einen echten Fachmann gefunden habe. Das Holz wandert auf die rechte Seite.

Da ich auch von Gartenarbeit nichts verstehe, hole ich vor entsprechender Tätigkeit fachmännischen Rat ein. Unser Nachbar zur Linken, Herr Seiffert, weist mich in die Geheimnisse des Heckenschnitts ein. Er ist ein Gartenprofi und kennt sich aus. Unter seiner Anleitung führe ich die Elektroschere durch das Grün, und ich muss sagen, das Ergebnis kann sich sehen lassen.

Am nächsten Tag kommt Herr Gieseke von schräg gegenüber und fragt kopfschüttelnd: „Sagen Sie mal, Sie haben wohl noch nie eine Hecke geschnitten?"

Ich muss das einräumen, berufe mich aber auf die Erfahrung Herrn Seifferts.

„Seiffert? Der hat doch keine Ahnung! Das ist viel zu zaghaft beschnitten. Was glauben Sie, wie schnell das wieder nachwächst! Da müssen Sie gleich wieder nachschneiden, Sie werden schon sehen, was sie davon haben!"

Demütig verspreche ich ihm, vor dem nächsten Schnitt erst seinen Rat einzuholen. Oder soll ich ihm sagen, dass ich es lieber etwas buschig habe? Nein, lieber nicht, er ist schließlich Fachmann, die unmaßgebliche Meinung eines Laien würde ihn kränken.

Natürlich wende ich mich auch an einen Experten, wenn ich mir einen neuen Plasmafernseher anschaffen will. Ich gehe also zu Wiener. Wiener hat noch ein richtiges Fachgeschäft, er berät individuell, nicht wie die großen Elektronik-Discounter. Er empfiehlt mir einen Ixilon-7000: „Das ist zwar etwas teurer, aber dafür haben Sie auch Qualität!"

Zwei Wochen später kommt Thomas zu Besuch. Er ist ein Technik-Freak, hat das ganze Haus voller Unterhaltungselektronik, immer das neueste vom neuen. Ich führe ihm stolz den neuen Fernseher vor, und er schlägt die Hände über dem Kopf zusammen: „Ein Ixilon? Kannst

26

du dir nichts besseres leisten? Das ist doch der letzte Schrott!"

Und ich muss lernen, dass der informierte Kunde selbstverständlich nur einen Zettatron-9000 kaufen würde. Ich werde mit Herrn Wiener reden müssen, ob er die Ixilon zurücknimmt. Sonst würde ich Thomas' Achtung für immer verlieren.

So geht es mir jedes Mal. Wenn ich den Wagen in eine neue Werkstatt gebe, bekommt der Mechaniker einen Weinkrampf angesichts der Schäden, die sein Vorgänger angerichtet hat. Wenn ich mein Haus streichen lasse, flucht der Meister: „Wer immer den letzten Anstrich verbrochen hat, er ist eine Schande für die Zunft!"

Egal, was ich tue, egal, wen ich frage – was auch immer der letzte Frisör, Gartenexperte, Mechaniker oder Maler einmassiert, geschnitten, repariert oder gestrichen hat – es war verkehrt, total verkehrt, eine Stümperei, ein Betrug, eine Katastrophe!

Ich war schon einige Zeit nicht mehr bei meinem Zahnarzt, aber jetzt muss ich ihn aufsuchen, weil eine Brücke wackelt. Der Doktor schaut mir in den Mund und beginnt mit dem Kopfschütteln: „Welcher Stümper hat Ihnen denn diesen Ramsch eingebaut? Dem sollte man die Zulassung entziehen!"

Sinnlos, ihm zu sagen, dass ich noch nie bei einem anderen Zahnarzt in Behandlung war.

Christel Kehl-Kochanek
Bethlehem

Es war Nacht, als er aufwachte. Erstaunt stellte er fest, dass es diesmal nicht die Kälte war, die ihn geweckt hatte; in dieser Nacht war sie draußen geblieben, wartete vor der Tür.

Der Hund, der ihm seit Tagen nachgeschlichen war, gestern Abend war er plötzlich verschwunden. Erleichtert, ihn endlich losgeworden zu sein, hatte er den Weg weitergehen wollen, als er ihn bellen hörte. Erstaunt war er stehen geblieben; bisher hatte er ihn nur winselnd und knurrend erlebt. Er war dem Laut gefolgt und hatte so die Scheune gefunden. Endlich konnte er mal wieder weich und warm schlafen. Warum war er dennoch aufgewacht?

Der Hund lag an seinen Beinen wie in jeder Nacht, gierte nach der Wärme des Menschen wie nach einem Stück Fleisch, um seinen Hunger zu stillen. Er hatte sich ihm, seinem Instinkt folgend, angeschlossen; nichts konnte diese kreatürliche Verbundenheit lösen – auch nicht die schmerzenden Tritte und Schläge, die ihm immer wieder zugefügt wurden.

Seine Pfoten zuckten, und er fiepte mit stoßendem Atem, als sich jetzt die Fetzen und Bruchstücke seines wachen Erlebens im Traum zu neuer Wirklichkeit zusammenfügten. Und als die Faust ihn wieder einmal unverhofft traf, wurde auch sie in ihrem harten und schmerzhaften Zugewandtsein zu einem Teil dieser Wirklichkeit. Jaulend sprang er aus dem Schlaf und verschwand winselnd im Dunkel.

Die Hand, die zugeschlagen hatte, war noch geballt, als Wut und Zorn langsam einem verächtlichen Grinsen wichen. Gleich würde das Tier wiederkommen und versuchen, sich etwas von seiner Wärme zu stehlen. Er allein wird dann entscheiden, ob er das zulässt oder nicht.

Er war jetzt hellwach. Brüllend fegte der Wind um die Scheune. Selbst hier verfolgte er ihn durch Ritzen und Spalten. Sein Rücken schmerzte. Immer waren die anderen Jungen schneller als er. Mit seinem kranken Bein konnte er nicht so gut laufen wie sie. Wenn er wirklich mal was zu essen aufgetrieben hatte, jagten und prügelten sie es ihm, dem „Lahmbein", immer wieder ab.

Seit Tagen war er nun allein unterwegs, allein, bis auf diesen Hund, der ihm schon bald gefolgt war. Warum kam er nicht zurück und rollte sich wieder an seine Beine wie all die Nächte zuvor? Er lauschte in die Dunkelheit. Doch da waren nur das Toben des Windes und das Schlagen der Äste gegen die Scheunenwand.

Er setzte sich auf. Trotz der Schmerzen, die ihn jetzt im Rücken packten, kniete er sich hin und tastete das Heu ab. Kein borstiges Fell, keine kalte Schnauze. Mit suchenden Händen kroch er auf allen Vieren weiter. Er hielt inne, lauschte – nichts! Er versuchte sich zu erinnern, wo die Tür war, die der Hund für ihn gefunden hatte. Er schlug die Richtung ein, von der er glaubte, gestern gekommen zu sein.

Die Tür war noch geschlossen. Er kniete jetzt auf kalter steiniger Erde und stand vorsichtig auf. Als er sich umdrehte, sah er am Ende der Scheune ein Fenster, durch das der Wind wogendes, milchig weißes Nachtlicht zu ihm trieb. Er ging darauf zu. Nach wenigen Schritten aber verfing sein Fuß sich in einem Seil, das auf dem Boden lag. Als er sich bückte, erkannte er den Hund. Auch ihn hielt das Seil gefangen, drohte, ihn zu ersticken. Weit aufgerissen, in starrer Angst waren seine Augen jetzt auf den Menschen gerichtet.

Der Wind schluckte den wimmernd schluchzenden Laut, als der Junge sich niederkniete, um das Tier zu befreien.

Das aber stürzte, gejagt von Angst, zurück in die Dunkelheit.

Als der schmeichelnd rufende Laut es zum ersten Mal erreichte, hielt es inne. Diese Stimme, die von weit her zu kommen schien, da war sie wieder, fremd noch und doch schon vertraut. Gebannt lauschte es diesem neuen lockenden Ruf.

Es zitterte, als es sich umwandte und dem Menschen, der da im Licht stehend immer wieder rief, entgegen kroch. Als es so nahe war, dass es ihn ansehen konnte, zögerte es. Dann richtete es sich auf, setzte sich hin und wartete.

Langsam ging der Junge auf den Hund zu. Langsam streckte er den Arm aus, öffnete die Hand, begann ihn zu streicheln und zu kraulen. Der Hund legte den Kopf auf seinen Arm und schloss mit einem tiefen Schnaufer die Augen. Ohne aufzuhören, mit den Händen in dem zotteligen Fell zu wühlen, sprach der Junge mit heller Stimme:

„Ja, Schnauf will ich dich nennen.
Hallo Schnauf, ich heiße Lahm ...“
Er zögerte und schloss die Augen. Es schien, als konzentriere er sich auf einen Punkt tief in seinem Inneren, während der Wind die Schatten der Nacht auf sein Gesicht malte, bewegt, ohne Farbe.

Er lächelte, bevor er sprach: „Hallo Schnauf, ich bin Angelino.“

Christel Kehl-Kochanek
Knulp

Sie hatte es geahnt. Alle Freunde und Bekannten hatten die Stirn gerunzelt und den Kopf geschüttelt, wenn sie ihre Vermutung ausgesprochen hatte, dass man mit nur einem Leben nicht davonkommt. Man muss mehrere Runden drehen – ob man will oder nicht. Und sie wollte nicht. Aber sie wurde ebenso wenig gefragt, wie all die Anderen. die mit ihr unterwegs waren. Und jetzt war es gewiss. Aber wie sollte sie als magerer struppiger Straßenköter ihren Freunden und Bekannten klar machen, dass sie der vierbeinige Beweis für ein irdisches Weiterleben nach dem Tode war? Selbst wenn sie sich an ihrem Grab aufhielt und dort denen gegenüberstand, die ihrer gedachten, blieb sie unerkannt – wurde mehr oder weniger grob fortgejagt, oft unflätig beschimpft, was sich am Grabe eines soeben Verstorbenen nun wirklich nicht geziemte. All ihr Jaulen, alles Schwanzwedeln, alle noch so treuen und flehenden Blicke halfen nicht. Lediglich die Vorbeikommenden, die sie sehr gut gekannt hatten, lächelten bei ihrem Anblick gerührt in Erinnerung an ihre Liebe zu dieser Spezies der Vierbeiner.

Aber ein gemeiner Straßenköter? Dackel, Pudel, Dalmatiner, Schäferhund, Schnauzer, Terrier – ihretwegen auch ein Mischling – ein Pudack oder ein Schäferschnauz – aber einer, der ein Zuhause hat, Futter bekommt, gepflegt und geliebt wird – wäre das nicht wenigstens drin gewesen? Stattdessen war sie Tag und Nacht unterwegs auf der Suche nach Fressen und einem Ort, an dem man ein oder zwei Stündchen schlafen konnte ohne erbärmlich zu frieren.

Was für ein Glück also, dass sie Basco traf! Basco, ein von Zwei- und Vierbeinern gefürchteter Vertreter seiner Art. Zu grauslich waren sein Knurren, seine gefletschten Zähne und das wilde Jagen hinter dem Gartenzaun. Schon sein massiger Körper flößte allen Respekt ein. Sein langes glänzendes Fell verdeckte seine Augen, und seine Pfoten glichen eher den Pranken eines Bären als denen eines Haushundes.

Warum sie sich ihm dennoch zu nähern wagte? Irgendetwas hatte sie alle Vorsicht vergessen lassen. Und sie war nicht einmal erstaunt, als dieses Hundeungeheuer ruhig hinter dem Zaun verharrte, seine feuchte schwarze Nase durch die Maschen steckte und begierig schnupperte. Plötzlich sprang es auf, drehte sich auf der Jagd nach seinem Schwanz freudig bellend und jaulend im

Kreis. Und mit einem Mal wusste sie: Basco war nicht nur Basco. Basco war ebenso wie sie ein ehemaliger Zweibeiner, nämlich Knulp, der kleine dicke Penner, der Tag für Tag in der Marktstraße mit seinen Bierflaschen zu Füßen auf der Bank gesessen, und den sie mit einem unverbindlichen Nicken im Vorübergehen zu grüßen angefangen hatte. Wie er wirklich hieß, das wusste sie nicht. Sie hatte ihm diesen Namen einfach verpasst, war unangenehm berührt gewesen, als er sie eines Tages mit seinem fast zahnlosen Mund angesprochen und ihr seine Bierfahne zugemutet hatte. Sein ungepflegtes Äußeres hatte sie zusätzlich mit Ekel erfüllt und verstanden hatte sie auch nicht, was er ihr mitzuteilen gedachte. Mit einem krampfhaften Lächeln und einem unverbindlichen „ja, ja" hatte sie das Weite gesucht und seither – wenn auch mit schlechtem Gewissen – einen größeren Bogen um seine Bank gemacht, ihm nur noch aus sicherer Ferne zugewinkt. Irgendwann war seine Bank leer geblieben. Ein paar Tage hatte sie das noch irritiert, dann war es vergessen.

Und jetzt dieses Wiedersehen. Unfassbar! Aber das musste man ihm lassen: Er hatte in jedem Fall den besseren Part erwischt, sah gut genährt und gepflegt aus, hatte in seinem neuen Leben sogar noch alle Zähne im Mund bzw. Maul und diesmal ein richtiges Zuhause. Ob es doch so etwas wie ausgleichende Gerechtigkeit gab? Sie jetzt die ungepflegte Herumtreiberin – er der kultivierte Sesshafte?

Wie dem auch sei – von jetzt an hatte ihre Not ein Ende. Knulp gab ihr von seinem Futter und gemeinsam buddelten sie an einer entlegenen Stelle des Gartens ein

Loch, durch das sie schlüpfen konnte, um in Knulps Hütte die kalten Nächte zu verbringen. Da tauchten dann auch Erinnerungen aus ihren vergangenen Leben auf. Sie erfuhr, dass Knulp als Zweibeiner ein wirklich elendes Hundeleben geführt hatte – ihrem jetzigen nicht unähnlich. Nun aber schwelgte er in Begeisterung: satt, gepflegt, geliebt, komfortable Unterkunft. Dazu die wilde Jagd hinter dem Zaun, das herrliche Gefühl jemand zu sein, der das Sagen hat! So ließ es sich doch bestens aushalten.

„Und du?", fragte er, nachdem er seine Schwärmerei beendet hatte. „Dir ging es doch verdammt gut, oder?" Sie schwieg, wischte mit der Pfote mehrmals prustend über ihre Schnauze, rollte sich zusammen und signalisierte mit einem tiefen Schnaufer, dass sie zu schlafen gedenke.

In Wirklichkeit aber dachte sie angestrengt nach. Irgend etwas musste schief gelaufen sein – oder warum hatte man ihr jetzt das Leben eines verlausten Straßenköters zugedacht? Sicher, es hätte noch schlimmer kommen können – immerhin war sie Knulp begegnet und blieb damit vor einigen Schwierigkeiten bewahrt, aber dennoch –

Zärtlich leckte Knulp jetzt ihre Schnauze, rückte noch ein Stück näher, um sie zu wärmen. Da fühlte sie, wie ihr Nackenfell sich zu sträuben begann. Jaulend sprang sie auf. Wie war das möglich? Sie, der verdreckte Straßenköter, der verlauste, zeckenbehaftete, übel riechende Hund! Wieso war Knulp ihr so zugetan? Wie um alles in der Welt brachte er es fertig, ihr so nahe zu kommen ohne sich zu schütteln?

Sie rannte aus der Hütte, suchte das Weite. Erst in der Marktstraße machte sie halt, verkroch sich hechelnd unter Knulps Bank. Tagelang stromerte sie dort herum. Penner, die sich am Tage hier niederließen, warfen mit Steinen oder leeren Bierdosen nach ihr und schimpften sie einen dreckigen räudigen Köter.

Als sie sich schließlich aufmachte, um zurückzukehren, näherte sie sich nur zögernd mit hängendem Schwanz Bascos Zuhause. Aber seine Hütte war leer, Haus und Garten standen verwaist. Zitternd folgte sie seiner Spur – vor der Garage verlor sie sich. Verwirrt blieb sie stehen. Basco war nicht mehr da. Sie war allein – ohne Freund, ohne Helfer in der Not. Leise jaulend verkroch sie sich in seine Hütte. Sehnsüchtig steckte sie ihre Nase in die Decke, die seinen Duft verströmte. Lang ausgestreckt schlief sie schließlich ein. Im Traum erschien ihr Basco. Freudig schlug ihr Schwanz gegen die Hüttenwand. Und als er sich in Knulp, den Penner aus der Marktstraße, verwandelte, sich liebevoll zu ihr herunterbeugte und sie zwischen den Ohren kraulte, ließ sie es mit angehaltenem Atem geschehen, kroch dicht zu ihm heran, leckte voller Zärtlichkeit seine Hand.

Beim Erwachen aber war sie wieder allein. Sie verließ die Hütte und trottete in die Marktstraße. Grau und kalt war der Tag. Auf Knulps Bank hatte sich ein Penner niedergelassen. Mit eingeklemmtem Schwanz näherte sie sich ihm. Er streckte seine Hand aus, ließ sie daran schnuppern. Ein Fremder. Als er begann, sie zwischen den Ohren zu kraulen, schloss sie genießerisch die Augen. Abrupt stand er auf, griff nach seiner Plastiktasche, in der leere Flaschen schepperten, und entfernte sich. Als er in eine Nebenstraße bog, lief sie ihm nach. Irgendwann drehte er sich um, blieb stehen. Sein Blick fixierte sie. Sie wandte den Kopf ab. „Bist auch nur so ein elender Herumtreiber, nicht wahr?", meinte er verächtlich. Einen Augenblick schien er zu zögern. Dann hörte sie sein Schnalzen und einen leisen Pfiff. „Na, komm schon, Kumpel! Ein Stück Wurst und Wasser habe ich alle Male für dich."

Christel Kehl-Kochanek

Nein

Heute, das spürte sie genau, heute würde es möglich, dass all die Gefühle und Gedanken der letzten Wochen die Worte trafen, in denen sie Gestalt annehmen konnten. Heute endlich ließen sie sich formen, flossen aus ihr heraus aufs Papier. Sie schrieb mühelos, so als ständen die Sätze bereits fertig formuliert in ihrem Kopf und müssten von da nur noch abgelesen und aufgeschrieben werden.

Als das Telefon klingelte, zuckte sie zusammen und runzelte die Stirn. Einen Augenblick zögerte sie, griff nach einem Papiertaschentuch auf ihrem Schreibtisch und schrieb weiter. Scharf und weiß traten die Fingerknöchel jetzt hervor, hart fühlte sie den Stift in ihrer Hand. Das Klingeln schien lauter zu werden, fordernder. Sie schrieb schneller, presste die Lippen zusammen.

Als sie jeden ihrer Herzschläge in der Hand spürte, gab sie auf. Den Kopf in die Hand gestützt, die den Stift noch hielt, schloss sie die Augen und atmete schwer. Schließlich sank sie im Sessel zurück und griff nach dem Telefonhörer. Als sie sich meldete, klang ihre Stimme hell und freundlich wie immer.

Einen Tag früher als erwartet war ihr Freund zurückgekehrt. In einer Stunde könne er endlich wieder bei ihr sein. Da war der helle Ton, der über seiner tiefen, weichen Stimme vibrierte. Sie lächelte, hob das Taschentuch auf, das ihr während des Gesprächs aus der Hand gefallen war, und legte es auf den Schreibtisch neben das Telefon. Einen Augenblick starrte sie mit zusammengekniffenen Augen darauf, schüttelte den Kopf, öffnete entschlossen das Fenster und verließ den Wohnraum, um Vorbereitungen für den Abend zu treffen.

Als sie im Badezimmer in den Spiegel schaute, erschrak sie. Sie stützte ihre heißen Hände auf das Waschbecken, fühlte die Kühle des Porzellans und seine beruhigende Gegenständlichkeit. Sie schloss die Augen. Worte stiegen wieder auf, Sätze formulierten sich und drängten aufs Papier.

Sie brauchte den Abend. Sie brauchte ihn für sich. Sie musste allein sein. Sie musste weiter schreiben!

Doch als sie die Augen öffnete, wusste sie, dass sie es auch diesmal nicht schaffen würde, fühlte, dass die Worte, ihre Worte, sie verließen. Einen Augenblick versuchte sie noch, sie zurückzurufen, dann aber lächelte sie, fand ihre Anstrengungen hinsichtlich des Schreibens überspannt und das Ganze nun wirklich nicht so wichtig. Die Müdigkeit, die sie jetzt überfiel, war so überwältigend, dass alles Andere mit einem Mal wie ausgelöscht schien.

Sie wandte sich vom Spiegel ab und ging zurück ins Wohnzimmer. Der Wind hatte auf ihrem Schreibtisch gewütet. Sie sammelte die Manuskriptseiten und bückte sich nach dem Taschentuch.

Als sie es greifen will, sieht sie das Blitzen der großen runden Knöpfe, und in ihrem verzaubernden Licht steht der Vater in seinem engen grauen Komm- und Weggehanzug. Tief von unten atmet sich ein Lächeln in ihr kleines Gesicht. Lustig beginnen die Beine zu kribbeln, die Arme heben sich, und jeder Finger winkt ihm erst zaghaft, dann zappelnd und ungeduldig entgegen. Die schweren Augen der Mutter im Rücken halten sie fest. Doch es zieht sie hin zu ihm, zu starken Armen, zu Schmusen und Drücken, zu Schaukeln und Wiegen, zu Kitzeln und Kichern, zu Augen, die immer wieder „ja" sagen. Ihr Blick klettert an den langen Beinen herauf und sucht sein Gesicht. Da kommt ihr eine Hand entgegen, und ein langer Finger zeigt auf ein Taschentuch auf dem Boden. Der Finger kann sprechen. „Heb es auf!" Das klingt streng. Sie ist böse auf den Finger. „Nein, Papi Arm!" Der böse Finger wiederholt seinen Befehl. Aber sie will doch nicht. „Nein, Papi Arm!" sagt sie bittend und streckt ihm ihre Arme entgegen.

Der Klaps und die böse Stimme tun weh. Auf Papis Arm darf sie nie mehr; er kommt nicht wieder.

Noch immer lag das Taschentuch auf der Erde. Sie bückte sich danach, nahm es in die Hand, zerriss es und zündete die Fetzen in einem Marmoraschenbecher an.

Danach ging sie zum Telefon, wählte seine Nummer und sagte ihm gegen das Herzklopfen in ihrer Stimme ansprechend, dass sie heute noch allein bleiben müsse, um zu schreiben. Sie spürte seine Enttäuschung und beeilte sich, das Gespräch zu beenden. Als sie das geschafft hatte, ordnete sie die beschriebenen Manuskriptseiten, legte sie in die Schublade und holte ihr Tagebuch. Ohne noch einen Blick auf die alten Eintragungen zu werfen, begann sie auf einer neuen Seite zu schreiben, die Geschichte von einem Vater, der sein Kind jubelnd im Kreise schwenkt, als es zum ersten Mal „Nein, will nicht!" sagt.

Christel Kehl-Kochanek

panta rhei – alles fließt
(Heraklit)

Alles fließt, alles fließt, alles fließt – wie oft steht dieser Satz nun schon vor mir. Aber das einzige, was fließt, ist die Tinte. Nichts, absolut nichts Vorlesungswürdiges will mir zu diesem mir vorgegebenen Thema einfallen. Offenbar sitzt meine Kreativität, die allein Abhilfe schaffen könnte, irgendwo im Stau, lässt sich weder sehen noch hören. Statt ihrer erscheint Ronja.
„Omaa?"
„Neihein!"
„Was machst du da?"
„Ich fresse kleine Mädchen, die mich stören."
Ungeachtet dieser Drohung nähert Ronja sich meinem Schreibtisch, schaut stirnrunzelnd auf das Papier und bemerkt dann sachgerecht:
„Da steht ja immer dasselbe. Ist das wieder ein Gedicht? Wie geht es denn?"

Ich antworte kurz angebunden. Die Omaärgerfalte, die sich dabei auf meiner Stirn bildet, kann Ronja unmöglich übersehen. Dennoch tritt sie nicht den Rückzug an.

„So viel ‚alles fließt'? Da passt doch auch niest und gießt und ..."

„Ja, ja Ronja", unterbreche ich ungeduldig „... und sprießt und genießt und schließt und spießt ..."

„Und schießt", ergänzt Ronja stolz. „Siehst du Oma, das ist doch ganz einfach."

„Räubertochter, du raubst mir den letzten Nerv. Kusch dich!"

„Ja gleich Oma; aber guck mal, da, da in der Mitte auf deinem Papier, da steht doch was, das sieht ganz anders aus. Was ist das?"

Tief atme ich durch. Um Sachlichkeit bemüht, erkläre ich langsam, jedes Wort betonend:

„Das, Ronja, das heißt auch ‚alles fließt', aber in einer anderen Sprache, in Griechisch."

„Was sagen denn die Griechischen, Oma?" „panta rhei," antworte ich genervt.

„Oooo – !" Dieses Oooo mit der beredten Pause, die ihm folgt, signalisiert, dass Ronja wieder einmal auf Jagd ist, auf Jagd nach neuen wohlklingenden oder interessanten Lautverbindungen, die sie sammelt wie andere Kinder Sticker oder Murmeln. So muss ich auch jetzt dieses „panta rhei" mehrmals wiederholen, bevor sie endlich breit ist, den neuen Schatz, leise vor sich hinsummend, mit in ihr Reich zu nehmen und mich mit mir und meinen Fließproblemen allein zu lassen.

Besser aber geht es mir deshalb auch nicht. „Alles fließt", dieser kleine aber so kostbare Satz, weil er nicht auf sich selbst, sondern über sich hinausweist – da muss sich doch jeder Annäherungsversuch als banal erweisen.

„Vom Himmel fällt es, zum Himmel steigt es" –
war irgendwie schon mal da.
„Und jede gibt und nimmt zugleich und strömt und ruht" –
ist auch nicht von mir.
Nein, die diesjährige Vorgabe ist für Ottonormalschreiberling einfach eine Überforderung!
Genau in diesem Augenblick kommt mir die Erleuchtung. Natürlich, das ist es! Ich werde zuhören, nur zuhören, was meinen Mitschreiberlingen zu diesem Thema eingefallen ist. Entspannt auf meinem Stuhl zurückgelehnt, werde ich ihre Texte in mich hineinfließen, durch mich hindurchfließen oder auch an mir vorbeifließen lassen. Herrlich! Warum nicht gleich so?
„Oooomaaa, komm schnell, ich habe dein Gedicht gemalt!"
Befreit verlasse ich meinen Schreibtisch und mit einem heiteren, „Jaha mein Schatz, bin schon daha!" wende ich mich dem Werk meiner Enkelin zu:
Ich sehe einen hohen Berg, auf dessen Spitze ein See thront, in dem zwei große schwarze Katzen mit leuchtend gelben Augen stehen. Eine davon hat überdimensional große Nasenlöcher, vor denen sich graue Regenwolken türmen, aus denen es nieselt. Auf der einen Seite des Berges fließt Wasser aus dem See hinunter ins Tal.

„Was machen denn die Katzen da im Wasser?", frage ich erstaunt.

„Aber Oma, das sind doch keine Katzen! Das sind Panther!"

Und indem Ronjas energiegeladener Zeigefinger als Fremdenführer über das Bild wandert, erklärt sie ihrer begriffsstutzigen Großmutter:

„Guck mal Oma,

das da, das ist der Panther Ra

und der hier, das ist dein Panther Re,

und die schwimmen zusammen in einem groooßen See.

Und wie dein Panther Re mal ganz doll niest,

da läuft das Wasser über –

und alles fließt."

Claudine Landgraf
Die Frau ohne Sprache

Schwarze Rauchschwaden kriechen über das Wasser. Sie sitzt auf dem Kai am Fluss, ihre Füße hängen herab, ihre Hände sind so kalt wie das Pflaster, an das sich ihre Finger klammern.

Hinter ihr brennen die Stadt, die Fabrik und das Lager ebenso. Langsam wird ihr Atem ruhiger. Alle die Namenslisten, auch die, die sie als Ostarbeiterin kennzeichnen, sind vielleicht verbrannt, denkt sie voller Hoffnung. Hinter ihr die Hölle; der mit Schwefel gemischten Feuersbrunst ist sie mit Mühe und Not entgangen, das Leben pulsiert immer noch in ihren Adern. Siegreich, eine kurze Zeit siegreich, fühlt sie sich. Kälte und Hunger hat sie vergessen, während sie an so vielen

Toten vorbeigerannt ist. An toten Ariern in grüner Uniform, an toten Kindern, an toten Greisen ist sie vorbei gestürzt. Einen grauen Wehrmachtsmantel hat sie schnell vom Boden aufgehoben. Die Sirenen haben inzwischen aufgehört zu klagen, aus der Erfahrung weiß sie, dass bald die sogenannte Ordnung wieder hergestellt sein wird, die alle Überlebenden mit einem Etikett belegt. Sie hockt auf dem nassen Stein und fängt langsam damit an, ihre verräterische Kleidung auszuziehen. Den Arbeitskittel überlässt sie dem Fluss unten, den sie nicht sieht, aber ahnt, dann die Strümpfe, nur den Mantel behält sie an, um sich besser zu tarnen.

Die nackte Existenz hat sie in den letzten Jahren zielstrebig gerettet, alles hatte sie gegessen, was ihr die Lebensmittelkarte für Ostarbeiter zubilligte. In ihr hat man nur die Arbeitsmaschine gesehen. Sie jedoch wusste es besser. Je mehr geschlagen und gedemütigt sie wurde, desto sicherer erkannte sie, wer sie einmal gewesen war. Jede Nacht erzählte sie sich Geschichten aus dem Schatz ihrer Kindheit, suchte nach den Namen ihrer Freunde, murmelte leise die Lieder und Gedichte ihrer Sprache, bevor der Schlaf der Erschöpfung sie überrollte.

Mit vierzehn, auf einer Straße ihres Dorfes, wurde sie entführt, und das nur, weil sie kräftig aussah. Auf einen grauen Lastwagen wurde sie getrieben, von einer langen Reise geschunden, fand sie sich in ein fremdes Land katapultiert.

Jetzt will sie eine Zeit lang nicht mehr sprechen, weil Sprache immer verrät. So wird sie dem eisernen Gesetz des Nationalismus entgehen und nur noch ein MENSCH sein. Allein das Lachen darf sie sich erlauben. Sie übt es in der von feurigen Einsprengseln erleuchteten Dunkelheit, sie lacht. Sie wartet.

Die Zeit dehnt sich, sie legt sich in ihrem Mantel auf den Boden. Von Müdigkeit und Kälte ermattet, hat sich bei ihr das Warten in Ergebenheit verwandelt. Sie lacht nur noch aus Verzweiflung.

Aus dem schwarzen Nebel heraus kommen plötzlich zwei Sanitäter mit einer Bahre und hören das Lachen. Verwundert klingt die erste Stimme:

„Da liegt eine, sie lebt ja noch!"

„Ach! Eine Deutsche?"

„Blond ist sie, hat blaue Augen. Sie steht aber unter Schock."

„Nehmen wir sie mit."

Ein Mensch ist gerettet worden. Vorläufig.

Claudine Landgraf

Die Unbekannte am Rheinufer

Ich habe schon, als ich noch ein Kind und des Lesens unkundig war, Lexika geliebt. Ich schwärmte für manche der darin abgebildeten kleinen Porträts, andere stießen mich ab. Später haben mich die Texte zum Träumen gebracht. So zum Beispiel über Marie, Königin von Frankreich und Navarra, die 1642 zu meiner Überraschung in Köln im Exil gestorben ist ...

Schwarzes Tuch umhüllt und versteckt die Silhouette, eine kleine weiße Hand klammert sich an den Stock aus Ebenholz mit Silberkopf, sie sitzt auf einer Kiste fast am Rand des Kais; in einem glatt gewordenen Strudel spie-

44

gelt sich ihr Umriss. Der Regen hat aufgehört, am Himmel haben die Wolken zwei schwarze Balken gebildet und dazwischen schillert Grünes mit Blau gemischt. Eine tiefe Stille herrscht, hat sich ihrer Seele bemächtigt, die Maske ist von ihr herabgefallen. Blass ist das Licht, einziges Geräusch ist das Reiben der großen Kähne mit ihrem bauchigen Bug aneinander. Die Menschen fangen wieder an zu laufen, zu sprechen. „Ein Engel ist vorbeigegangen", so beschreiben die Franzosen die Stille, die plötzlich entsteht und ebenso plötzlich wieder vergeht. Schwerfällig zieht sie sich am Stock hoch und mit unsicherem Schritt versucht sie die Wasserlachen zu vermeiden. Sie tritt ein in die Dunkelheit eines der Tore, die in regelmäßigen Abständen die Stadtmauer am Rhein entlang durchbrechen. Ihr Blick ist müde und versucht nicht irgendjemanden einzuprägen, sie weiß, hier kennt sie niemanden und niemand kennt sie. Unangenehm ist es nicht, sie wundert sich inzwischen nicht mehr, wie süß ihr aufgezwungenes Inkognito geworden ist. Majestätisch zu erscheinen, ist nicht mehr notwendig, aus dem Ausdruck ihrer Züge wird niemand mehr heraus lesen wollen, ob sie noch Teil der Macht ist. Alle Leitern des Lebens ist sie herunter gestürzt.

Der Dom, wenn auch unfertig, lastet auf der Stadt; in seinem Schatten ist jeder klein. Sie merkt es nicht, ihr einziger Gedanke ist, ob sie bald ihre Kammer erreichen wird. Dass ihre italienische Zofe dort auf sie wartet, wagt sie nicht zu hoffen. Die Energie, die das Hoffen abverlangt, hat sie nicht mehr. Leonora heißt die Zofe. Sie lächelt bitter und lacht, als sie an ihre Vergangenheit am Hof denkt, die Vorbeiziehenden schauen sie verwundert und verächtlich an. Wieder so eine verrückte Alte!

Wie unterirdische Gänge, wo der Himmel nicht mehr sichtbar ist, schlucken sie die Gassen, Ratten hetzen zwischen Kot und Abfall, sie geht am Damenstift St. Maria am Kapitol vorbei und erreicht die Sternengasse. Ihre von Galoschen beschwerten Stiefeletten suchen sich einen Weg, ihr immer noch so dicker Körper lässt ihr Herz flattern, ach, wäre sie endlich zu Hause. Noch einige Schritte, die abgewetzten drei Stufen vor dem alten Patrizierhaus, dem „Gronsfelderhof", nach einem Kampf mit dem Riegel darf sie sich endlich in den wackeligen Sessel fallen lassen. Leonora ist immer noch nicht da, sie treibt sich bestimmt bei ihrem sogenannten Vetter aus Florenz herum. Marie vermisst auf einmal diese bescheidene Gefährtin, sie, die von Anfang an alle Menschen, die nicht königlichen Blutes waren, verachtet hat. Sie dreht automatisch an ihrem Ring an der linken Hand, damit der Stein das fahle Licht spiegeln kann. Als sie unterwegs war, zeigte er nach unten, damit niemand merkte, dass die verrückte Alte einen Diamanten trug.

Ungeschickt wirft sie die Galoschen weg, befreit sich vom schweren Mantel, lehnt ihren Kopf an die Lehne und schließt die Augen. Heute ist sie zum ersten Mal seit ihrer Geburt allein gewesen, obwohl sie achtundsechzig geworden ist. Jetzt, im Jahr des Herrn 1641, hat sie zum ersten Mal drei Stunden im wachen Zustand allein verbracht. Erschöpft und doch zufrieden fühlt sie sich. Allein sein hat sie nie erlebt, nur Einsamkeit. Familienleben in bürgerlichem Sinn gibt es bei Königen und Königinnen nicht, nur das starke Gefühl der Abstammung, des Blutes. Und doppelt wichtig war es für sie, als sie mit fünf Jahren ihre Mutter verlor, die Nichte Karls V. zu sein. Umso leichter konnte sie Bianca Capello, ihre Stiefmutter, aus vollem Herzen verachten; die plebejische Venezianerin hatte es doch gewagt, im Palast die Porträts ihrer Mutter, ihrer Vorgängerin, abzuhängen.

Im Palazzo Pitti hatte das kleine Mädchen zwischen den Werken der größten Künstler Italiens Ball gespielt. Die Schönheit der Räume und der Gartenanlagen des Bobolos nahm sie nur insofern wahr, als sie das Symbol ihrer eigenen Bedeutung darstellte.

Ihre leicht hängenden Lider erheben sich und ihr Blick sucht wie gewöhnlich ihre Hände. Diese Hände, die ihr ein Leben lang ein Trost für mangelnde Schönheit gewesen waren, liegen jetzt auf ihrem Schoß, stark geädert und dicklich. Die Kälte in diesem fürchterlichen Klima hat ihnen zugesetzt.

Nur einige Tage hatte sie, in Köln angekommen, in dem kleinen Haus ihres ehemaligen Hofmalers Rubens verbracht, um dann hierher zu ziehen in ein adliges Haus, das ihrer Würde besser entsprach. Zuerst wurde ihre Anwesenheit als eine Ehre für diese Familie empfunden, so wohnte sie im ersten Stock und ließ sich herab, das Kind des Feldmarschalls über die Taufschale zu halten. Doch bald wurde allen klar, dass sie weder Geld noch Macht besaß. Unter dem Vorwand, die Treppe wäre für sie eine Zumutung, hatte man ihr eine Wohnung im Parterre zugewiesen. Das schwache Glimmen des Feuers im Kamin lässt die Umrisse einiger Truhen erkennen. Ein mit schwerem Atlas bedeckter Tisch steht zu weit von ihr entfernt und niemand ist da, um die Kerzen anzuzünden. Es dunkelt, sie verwünscht die Nacht. Mut und Feigheit wohnen nah beieinander in ihrem Herzen. Das große Wagnis hat sie hinter sich, sie ist ohne Begleitung auf die Straße gegangen. Seit geraumer Zeit ist ihr bewusst, dass sie niemandem vertrauen kann. Nur so lange sie Geld hatte, war sie in der Lage gewesen, andere Menschen an sich zu binden. Um sich ein Bruchteil ihrer Macht zu erhalten, hatte sie sich, in den Mantel ihrer Zofe gehüllt, heimlich auf den Weg in die Marspfortengasse zu ihrem jüdischen Bankier Isaak gemacht. Sie war ihm vor drei Tagen in einem Korridor des Hauses begegnet. Er kam aus dem Zimmer des Hausherrn, hatte sie mit Respekt gegrüßt. Sie hatte hoheitsvoll nach seiner Adresse gefragt und war in ihr bescheidenes Gemach verschwunden. Die Anstrengung des Marsches heute bis zu seiner Schreibstube hatte ihre Kurzsichtigkeit verstärkt und seine Gestalt in einen Nebel getaucht. So erschien ihr sein Gesicht lang und blass unter der schwarzen Kappe; einige Schmuckstücke hatte sie ihm gereicht, dann das Bündel Geldscheine in ihrer Hand gefühlt und gehört, dass der Diamant unmöglich den Besitzer wechseln könne. Dann war sie mit einem raschen Dank wieder in die Gasse entschwunden.

Was sie mit dem Geld machen wird, weiß sie nicht. Nach Florenz fahren, so wie ihr Sohn, der König von Frankreich und der Kardinal Richelieu es befohlen haben oder heimlich nach Paris auf verborgenen Wegen, um ein wenig um die Macht, mit der Macht zu spielen? Mit der Macht hatte sie ihr Leben lang nur gespielt, nur sie genießen wollen als Attribut ihrer hohen Geburt. Komplotte, Verschwörungen hatten ihr eine prickelnde Luft zu atmen gegeben.

Heute aber will sie keine Entscheidung treffen. Vor einem Monat war sie bei ihrer Tochter, der Gemahlin des Königs von England, und hatte dort versucht, der katholischen Religion zu ihrem angestammten Platz zu verhelfen. Doch dies hatte das englische ketzerische Parlament zu verhindern gewusst. Fortgejagt wurde sie, wie eine Magd, aber eins war ihr gelungen, das Reisegeld sowohl von den Kalvinisten wie von Richelieu zu bekommen. Sie lacht leise im Dunkel. Das Geld der Engländer hatte sie sofort ausgegeben, um ihre Schulden in London zu bezahlen, dann hatte sie ihrem Sohn Ludwig XIII versprochen zu gehorchen und sich nach Italien zurückzuziehen. Die Reise hatte ihr ehemaliger Protegé Richelieu bezahlt. Mit seinen Dukaten hatte sie Pferde und Maulesel in Köln gekauft. Wohin des Weges wusste sie immer noch nicht, die Versuchung war groß, doch nach Frankreich zu ziehen. Jetzt ist sie so gut wie pleite, das Geld des Juden darf sie aber niemandem zeigen.

Das Geklapper von Holzschuhen in der Diele, dann der Lärm der sich öffnenden Tür lässt sie aufschrecken, ihre Magd in ihrem frischen zitronenfarbigen Kleid steht ganz vergnügt vor ihr:

„Majestät, der Nuntius Fabio Chigi ist in Köln, er will Eure Majestät morgen früh besuchen."

„Hilf mir aufzustehen und mache Feuer im Kamin, die Kerze auch nicht vergessen, ich muss mich ein wenig bewegen, das Bein tut so weh."

„Da ist ja mein Mantel!" ruft Leonora.

Das Mädchen traut sich nicht ihrer Herrin ins Gesicht zu schauen. Marie de Medicis ignoriert sie, sie darf nicht verraten, wie sie, die Königin Mutter, von diesem einfachen Mädchen abhängig geworden ist. Sie hat längst aufgehört, an Menschen zu glauben und sie zu lieben. Sogar ihre Kinder waren nur noch Schachfiguren, die sie für ihre Zwecke benutzte, bis sie dann heranwuchsen und nicht mehr bereit waren zu gehorchen.

In dem düsteren Raum werfen die Flammen riesige Schatten auf die Wände. Marie zwingt sich dazu, hin und her zu laufen, bis ein wenig Wärme ihre Glieder erfüllt. Ihre Seele zehrt noch von der Kraft, die der Rhein mit seiner gleichgültigen Präsenz ihr geschenkt hat.

Nach einem kargen Abendbrot legt sie sich erschöpft in das Bett, in dem sie einige Monate später sterben wird.

Aber heute genießt sie die Müdigkeit ihres Leibes. Der kurze Augenblick der Freiheit, den sie an dem braunen Fluss erlebt hat, in dem sie nur sie war, hat sie mit einer tiefen inneren Ruhe erfüllt. Ergeben schläft sie ein.

Claudine Landgraf

Morgennebel

Zwischen den Vorhängen flimmert ein milchiges Licht, die rosenfingrige Morgendämmerung streichelt alles Lebendige wach. Mit mir hat sie es schwer.

Heute lasten meine Beine und Füße auf der Matratze so sehr, als ob sie Wurzeln schlagen wollten. Mein Kopf ist eine Schachtel voll Watte oder Nebel. Meine Hände scheinen sehr weit von mir zu weilen. Werde ich den heutigen Tag akzeptieren? Aufstehen ist der vorläufige Verzicht auf Selbstaufgabe. Dieser Verzicht kann eine Minute, eine Stunde, einen ganzen Tage dauern, es ist an und für sich einerlei, die Entscheidung ist unsere.

Niemand außer uns zwingt uns zu leben .Mein Kopf möbliert sich langsam mit weißen Blöcken, die Ideen wahrscheinlich. Ich stehe auf, nicht weil ich muss, sondern, weil ich will. Denn von der Geburt an wurde ich dazu verdammt, frei zu sein. Also jetzt Frühstück vorbereiten, Zeitung lesen, mit meinem Liebsten darüber streiten, wer von uns beiden heute sich opfert. Wer holt die Brötchen oder wer spült und so weiter. Es ist unsere Lieblingsbeschäftigung, uns zu opfern. Das größte Opfer ist eigentlich, wenn es unbemerkt bleibt. Aber dann ... Ja, dann darf ich es nicht einmal andeutungsweise erwähnen.

Es wäre jetzt höchste Zeit, mich in Richtung Küche zu bewegen. Vor dem Kaffeetrinken neige ich dazu, in abstrakter Philosophie zu schwelgen. Die Gegenstände ahnen es und unerbittlich stellen sie mir lauter Fallen. Filter, Toaster, Entsafter, Tassen und Teller eifern, um mich auf den Boden der Tatsachen zurück zu holen.

Mein Herr und Gebieter kommt herunter und erwartet eine liebenswürdige und geistreiche Frau, nehme ich an. Ich suche nach Einfällen, betrachte den Garten. Die Rosen, noch von Tau eingeknickt, blühen mit einer Selbstverständlichkeit, die ich nie erreichen werde. Ich gieße Kaffee in unsere Tassen und versuche Wirklichkeit zu schaffen, indem ich von meinen Träumen erzähle. In der Nacht erschienen sie mir einleuchtend. Jetzt, beim Erzählen sind sie nur Staub, grau und nichtig. Also lese ich meine Zeitungen, das ist schon besser, ich ärgere mich richtiggehend, aufwühlend. Sowohl in Frankreich wie in Deutschland gibt es immer eine Nachricht, die mich in Fahrt bringt. Die Folter in Algerien, von der niemand angeblich wusste, oder die „Ukraine". Also man hat es geschafft, ich bin wach.

Die zweite unserer Hauptbeschäftigungen ist an der Reihe:

„Recht haben."

In den vielen Jahren unserer Ehe habe ich versucht, diese Neigung bei meinem Mann zu unterbinden, indem ich kategorisch erklärte:

„Entweder hast Du Recht oder Du bist sympathisch. Beides kann man im Leben nicht haben."

Gewirkt hat es einige Zeit, bis ich selbst auf den Geschmack gekommen bin: ich habe gern Recht. So wie ich sehr gern glücklich bin. Ich werde plötzlich gewahr, dass ich wieder ins Philosophieren zurückgefallen bin, wende mein inneres Auge auf die dritte Hauptbeschäftigung:

„Was werden wir essen?"

Heute habe ich es gut, das Haus birgt genug Proviant, um autark den Tag zu überleben. Das Problem ist nur, wie ich die Elemente kombiniere ...

Kochen ist wie Malen oder Sticken. Der Gott Zufall lenkt das „Zu viel" und das „Zu wenig". So ist es auch mit der Aufmerksamkeit dem Anderen gegenüber, zu viel Zuwendung kann auch ersticken.

Jetzt bin ich wieder hinein gerutscht in diese meine Neigung zu abstrahieren, zu spintisieren. Ich versuche es noch einmal mit dem Lokalteil, um meinen Mann mit meinen Überlegungen zu schonen. Er ist eben dabei, das Streiflicht der Süddeutschen Zeitung wie einen Likör zu schlürfen .Also, was ist alles im Siegkreis passiert: Einbrüche, Demo der Rechten, die, überlistet von der

Stadtverwaltung, der Demo der Linken nicht begegnet ist. Ein Erfolg der Demokratie oder der Polizei?

„Und was werden wir essen?", fragt dann mein Partner.

Zwei Nebelschichten trüben meinen inneren Blick, die morgendliche Unsicherheit vor dem heutigen Tag und erst recht vor dem morgigen. „Primum vivere, deinde philosophare", sagt der Römer in meinem Kopf, erst leben, dann philosophieren.

Ich betrachte meinen Mann liebevoll und sage zögerlich:

„Couscous mit Fisch."

Leichter Zweifel in seinem Blick. Er lächelt tapfer.

Dirk Breitenbach
Allein

Über den Dienstplan der nächsten Woche gebeugt, kaue ich gedankenverloren auf meinem Bleistift, als Jens die Tür zu meinem Büro öffnet und seinen Kopf hereinstreckt.

„Es gab auf der A3 einen schweren Unfall mit Toten und Verletzten. Eines der Opfer wohnt in unserem Bereich. Jemand muss die Angehörigen des Verstorbenen informieren. Und da das Chefsache ist, trifft es dich bei der Familie vorbeizufahren. Die Daten habe ich schon alle vorne auf der Wache. Ich bereite sie noch für dich auf."

Jens ist schon wieder auf dem Sprung und lässt mich mit einem unguten Gefühl zurück.

„Was ist mit einem Seelsorger? Ist schon einer angefordert?", rufe ich ihm nach.

„Ja und nein." Jens stockt. „Es waren mehrere Tote und die ... es ist kein Notfallseelsorger mehr übrig. Der Einsatzwagen ist beschäftigt und ich kann hier auch nicht weg. Du musst alleine fahren."

Mein erster Weg führt mich in den Waschraum der Wache. Mit kaltem Wasser kläre ich meine Gedanken.
Der trübe Spiegel über dem Waschtisch zeigt mir, was noch zu tun ist. Uniform ordnen, Krawatte ganz bis oben, die Krawattennadel gerade rücken.

„Also Jens, was haben wir? Sind alle Fakten gesichert? Ist die Identität klar? Ich möchte nicht an der falschen Tür klingeln!" Über seine Schulter gebeugt schaue ich auf den Monitor.
„Ich habe Dir alles rausgesucht. Vielleicht eins noch – er hat wohl schlimme Verbrennungen erlitten und ist nicht mehr hübsch anzusehen."
„Dann ruf` bitte den Bestatter für mich an, dass er diese Nacht niemanden mehr rein lässt, falls ich nicht verhindern kann, dass die Ehefrau ihren Mann unbedingt heute noch sehen will!"
Jens drückt mir den mit Daten gefüllten Din-A4-Bogen in die Hand.
„Mach ich!"
Die schwere Wachtür fällt hinter mir ins Schloss. Ich bin allein.

Die kurze Strecke, die vor mir liegt, fahre ich langsam, um noch Zeit zu haben, mich auf meine Aufgabe vorzubereiten.
Meine Gedanken kreisen um das unausweichlich folgende Gespräch. Wie wird es dieses Mal ablaufen?

Es drängt mich nicht anzuhalten und so fahre ich erst einmal an der Wohnanschrift vorbei. Hier hat er also gewohnt.

Hübsches Viertel, weiß verputztes Haus, Vorgarten mit Rasenfläche, ein paar Rosen und ein niedriger Zaun.

Wie plötzlich sich doch alles ändern kann. Gestern war er für seine Familie noch liebender Ehemann und Vater, heute ist er nur noch ein Blatt mit persönlichen Daten, das neben mir auf dem Beifahrersitz liegt.

Name, Geburtsdatum, Adresse, Familienstand, Kinder, Todeszeitpunkt.

Ferienzeit; meine Hoffnung, dass niemand zu Hause ist, erfüllt sich nicht. Die Doppelhaushälfte ist hell erleuchtet.

Auf der Klingel steht ‚Schäfer' und gleich oberhalb des Briefkastens hängt ein Schild 'Herzlich Willkommen'.

Ich glaube nicht, dass ich heute Nacht willkommen sein werde, atme tief durch und klingle.

Beinahe zeitgleich wird die Haustür aufgerissen und eine Frau, Mitte vierzig, steht mit einem Telefon am Ohr im Türrahmen.

„Sind Sie Frau Eva Schäfer?"

Sie nickt, spricht aber weiter in ihr Telefon.

„Guten Abend Frau Schäfer, mein Name ist Heider."

Unbedacht formuliert. Wie kann ein solcher Abend gut für sie werden.

Mein Herz pocht, während ich ihrer Stimme lausche, froh selber noch nichts sagen zu müssen.

Den Hörer noch immer in der Hand sieht sie mich durchdringend an, bittet mich aber nicht ins Haus. Sie sieht auf den Streifenwagen, sieht zu mir zurück und telefoniert weiter.

„Frau Schäfer! Ich bin von der Polizei und muss mich mit Ihnen unterhalten." Als könne sie meinen Beruf nicht an meiner Unform und dem Dienstausweis in meiner Hand ablesen.

Ich höre, wie sie „Kurt", „Arbeit" und „noch immer nicht da" sagt.

Alles kann ich nicht verstehen, erst als sie mich wieder in den Blick nimmt, beendet sie das Gespräch mit den Worten: „Mama, drück' meine Mädchen von mir und macht Euch noch ein paar schöne Tage auf Rügen. Hier steht die Polizei vor der Tür. Vielleicht erfahre ich ja jetzt was. Mach's gut, ich melde mich!"

Das Mobiltelefon verschwindet in einer Tasche ihrer Jeans, bevor sie sich mir ganz zuwendet.

Schlanke Figur, verwuschelte blonde halblange Haare und ein leicht gerötetes, hübsches Gesicht.

„Wo ist er? Wo ist mein Mann? Was haben Sie mit ihm gemacht?" Sie tritt einen Schritt auf mich zu.

Es wirkt beinahe bedrohlich. „Jetzt sagen Sie schon!"

„Frau Schäfer, darf ich bitte rein kommen?"

„Ich will sofort wissen, was Sie ihm vorwerfen!" Wieder macht sie einen Schritt auf mich zu.

Ich weiche die zwei kleinen Stufen von dem Eingang zurück. Mit blitzenden Augen steht sie im Schein ihrer hell erleuchteten Tür über mir.

„Wir werfen ihm nichts vor!", beeile ich mich zu sagen und erobere nun wieder die erste Stufe.

„Was wollen Sie dann hier?" Ihr Gesicht wird wieder weicher.

Ob sie das Unausweichliche bereits vermutet, aber noch nicht wahrhaben will?
Auch die zweite Stufe gehört wieder mir, als ich ihr direkt in die blauen Augen sehe.

Sie bricht den Augenkontakt ab und dreht sich um. Langsam geht sie, wie in Trance, ins Haus.
Sie weiß es ...
Während ich ihr folge, sehe ich mich aufmerksam um. Auch drinnen ist es hübsch und aufgeräumt. Offensichtlich sind die Kinder bei der Oma.

„Sind Sie alleine?" Ich versuche meine Stimme ruhig und sanft klingen zu lassen.
„Ja." Ihr schmaler Körper versinkt im Sofa.
„Ihre Kinder sind bei der Oma?"
„Ja! Was wollen Sie hier?" Auf einmal funkelt sie mich von der Couch aus an.
Wieder ein Stimmungswechsel. Das wird nicht einfach. Jetzt sitzt sie vorn auf der Kante; fast wie auf dem Sprung.
Erst nach einem kleinen Räuspern setze ich an: „Es tut mir schrecklich leid, aber ich muss Ihnen mitteilen ..."
„Nein!" fällt sie mir ins Wort. „Das muss eine Verwechselung sein!" Ihre Stimme klingt bestimmt und fest.
„Frau Schäfer, darf ich mich setzen?"
„Nein! Bitte gehen Sie!" Ihre Blicke brennen auf meiner Haut.
Das wäre meine Chance der Situation zu entfliehen.

„Frau Schäfer, bitte verstehen Sie doch. Ich kann nicht einfach gehen, nicht bevor wir uns unterhalten haben."

Meine Hände bürsten den Velours der Rückenlehne. Der Sessel vor mir bietet Schutz, Abstand und Halt.

Ein Ruck geht durch ihren Körper. Erneut ändert sich ihre Haltung. Freundlich, ganz Gastgeberin, deutet sie auf ‚meinen' Sessel.

„Nehmen Sie doch Platz. Möchten Sie Tee? Ich habe erst vorhin welchen gemacht."

„Nein, ich möchte keinen Tee, weil wir uns hier nicht nett unterhalten werden!", denke ich, stattdessen höre ich mich sagen:

„Nein, nein, Frau Schäfer. Machen Sie sich bitte keine Umstände."

„Ach was, das ist doch kein Problem. Ich hole uns schnell eine Tasse. Das geht doch in Ordnung, oder?" Schon ist sie durch einen schmalen Rundbogen in der Küche verschwunden.

„Sicher."

Mit einer Tasse Tee in der Hand sitzt sie mir kaum eine Minute später wieder gegenüber.

Gespannt vorgebeugt, die blauen Augen direkt auf mich gerichtet: „Also, worüber genau möchten Sie mit mir reden?"

Mir wird ‚mein' Sessel, der mich eben noch vor Ihren Stimmungen in Sicherheit gewiegt hat, zu eng. Erst als ich mich aus ihm befreit habe und wieder auf meinen Beinen stehe, kann ich frei atmen, mit rauer Stimme sprechen.

„Frau Schäfer, ich muss Ihnen leider mitteilen, dass Ihr Mann Kurt vor wenigen Stunden verstorben ist."

Schweigen – ohrenbetäubende Stille. Ihr Gesicht verliert jegliche Farbe, wird durchscheinend.

„Das kann nicht sein. Er hat mich erst vor ein paar Stunden von der Arbeit aus angerufen. Außerdem sind Sie alleine hier, kommen Sie für ‚so was' nicht immer zu zweit?"

Schnell, um ihre falsche Hoffnung nicht aufkeimen zu lassen, werfe ich ein:

„Wahrscheinlich hat er nach dem Gespräch die Firma verlassen, um zu Ihnen nach Hause zu kommen. Danach hatte er einen schweren Autounfall. Ich kann zu dem Unfall noch nichts Genaues sagen, außer dass mehrere Fahrzeuge beteiligt waren."

„Dann ist ihm sicher nichts passiert. Wissen Sie, er hat vor ein paar Wochen einen Erste Hilfe Kurs belegt. Er wird noch am Unfallort sein und helfen. So ist er, mein Kurt!" Liebevoll dreht sie den Ehering an ihrer Hand.

„Frau Schäfer, ich glaube nicht, dass das den Tatsachen entspricht. Unseren Ermittlungen zufolge ist Ihr Mann eines der Opfer."

Mein Mund ist trocken, als ich frage:

„Frau Schäfer, gibt es jemanden, den ich für Sie anrufen kann? Geschwister, Eltern, Freunde?"

„Warum?" Wieder dieser durchdringende Blick.

„Weil ich Sie in dieser schweren Stunde nicht alleine zu Hause zurücklassen kann!"

„Aber Kurt kommt doch sicher gleich. Sie müssen sich keine Sorgen machen!"

„Nein Frau Schäfer, er wird nicht mehr heimkehren. Bitte, wen soll ich anrufen? Haben Sie einen guten Kontakt zu Ihrem hiesigen Pfarrer?"

„Nein, wir gehen schon seit Jahren nicht mehr in die Kirche. In Zukunft werden mein Mann und ich bestimmt wieder öfter gehen."

Stimmt; zur Beerdigung, zum Jahresamt. Ich schäme mich für meine Gedanken, während ich weiter frage.

„Haben Sie Geschwister?"

„Eine Schwester." Während sie nickt, fällt ihr blondes Haar auf die schmalen Schultern zurück.

„Wohnt sie weit von hier?" Ich versuche das Gespräch im Fluss zu halten.

„Zehn Minuten mit dem Auto. Um diese Uhrzeit vielleicht fünf." Die kleinen Fältchen um ihren Mund kräuseln sich, ihr Kinn zittert leicht.

Sie wird doch jetzt nicht weinen? „Wie kann ich sie erreichen?"

Sie holt das Telefon aus der Tasche ihrer Jeans und reicht es mir, nachdem sie gewählt hat.

„Meine Schwester heißt Birgit Heuser. Sie wohnt mit ihrem Mann und den Kindern in der Schützenstraße." Ihre Augen schimmern feucht und ihr Blick kann meinen nicht mehr festhalten.

„Danke!"

Ich verlasse das Wohnzimmer und streife durch den kleinen Flur, während ich mit ihrer Schwester telefoniere. Frau Schäfer sitzt mit leerem Blick auf ihrer Couch, den Kopf in die Hände gestützt.

Ihre Schwester reagiert sehr ruhig und verspricht so schnell wie möglich zu kommen.

„Fahren Sie bitte vorsichtig. Es gibt heute schon genug zu beklagen", gebe ich ihr noch mit auf den Weg.

Im Wohnzimmer reiche ich ihr den Hörer zurück: „Ihre Schwester wird gleich bei Ihnen sein. Möchten Sie noch jemanden anrufen?"

„Wer hat ihn umgebracht?" Wut schwingt plötzlich in ihrer Stimme.

Völlig perplex antworte ich:
„Frau Schäfer, er wurde nicht umgebracht. Er hatte einen Verkehrsunfall."
„Aber er war nicht schuld!"
War das eine Frage oder eine Feststellung?
„Dazu kann ich Ihnen zu diesem Zeitpunkt noch nichts sagen, das werden die Ermittlungen ergeben."
„Wo ist er?" Jetzt steht sie wieder ganz dicht vor mir, klein und zierlich, aber unglaublich kämpferisch.
„Frau Schäfer ..." Ich weiche nicht zurück, ertrage ihre wütende Nähe.
„Ich will jetzt sofort wissen, wo er ist!", schreit sie mich an.
„Sie können jetzt nicht zu ihm." Nun habe ich doch um einen Schritt nachgegeben.
„Wo?" Mit erhobener Stimme setzt sie mir um den gewonnenen Abstand nach.
„Das können Ihnen die Kollegen erst morgen früh sagen. Jetzt dauern die Ermittlungen noch an."

Es schaudert mich in diese blauen Augen zu lügen.
Aber wie soll ich ihr sagen, dass seine verkohlte Leiche jetzt wahrscheinlich schon in einer Edelstahlwanne liegt, kein einziges Haar mehr am Körper.
Die verbrannte Haut übersät von rohen Blasen. Seine Zähne freiliegend, weil sich beim Einatmen der brennenden Luft Zahnfleisch und Mundraum weggebrannt haben. Seine Züge bis zur Unkenntlichkeit verschmolzen.

„Aber ich muss mich doch noch von ihm verabschieden, ich habe ihn heute Morgen nur flüchtig geküsst." In

Ihren Augen stehen jetzt Tränen, Kummer und Verletzlichkeit.

„Sie haben ihn geküsst. Das ist alles, was zählt. Er wird es wissen!" Meine Worte streichen über ihr Haar, als sie plötzlich in meinen Armen steht und weint.

Schweigend stehen wir noch immer im Wohnzimmer, als wir den Schlüssel hören, der von draußen die Tür öffnet. Ihr Körper spannt sich kurz und bedarf dann doch wieder meiner Stütze. Es ist nicht Kurt, der im Flur steht. Ohne ihren Mantel abzulegen, eilt ihre Schwester auf uns zu.

Wir verstehen uns ohne Worte, als sie mir Eva aus den Armen nimmt und mit ihr gemeinsam weint.

Irgendwann verabschiede ich mich mit einem Nicken von der Schwester, lege meine Visitenkarte und die Erreichbarkeit des Bestatters für den nächsten Tag auf den Tisch, flüstere noch ein letztes Mal „Es tut mir leid" und schließe leise die Eingangstür hinter mir.

Dirk Breitenbach
Wo?

„Wo ist nur diese verdammte Unfallstelle?"

Mein Blick heftet sich an den vorbeifliegenden Straßenrand. Leitpfosten verschwimmen zu einem weißen Band, die Bäume verlieren ihre Konturen.

„Ich weiß es doch auch nicht! Es müsste hier irgendwo sein." Jens atmet hörbar aus, lenkt mit viel zu hoher Geschwindigkeit in die nächste Kurve.

Nichts. Immer noch nichts! Dafür taucht direkt vor uns ein Sonntagsfahrer auf. Jens nimmt sich noch nicht einmal die Zeit, anzubremsen. Er beschleunigt weiter aus der Kurve und wir jagen unter dem Schutz unseres Blaulichts heulend an dem Hindernis vorbei.

Das Geheul unserer Sirene erfüllt den ganzen Wagen, kreischt in meinen Ohren. Ich schalte sie ab, um klarer denken zu können.

„Wir können die Unfallstelle nicht finden! Dabei sind wir die Strecke schon fast ganz abgefahren." Mein Daumen presst auf die Ruftaste. „Habt ihr den Unfallzeugen noch einmal erreichen können? Wir brauchen genauere Angaben."

Verrauscht und abgehackt kommt die Antwort der Leitstelle. „Nein, der Handykontakt ist abgebrochen. Der zweite Motorradfahrer kennt sich hier nicht gut aus. Es kommen nach seiner Beschreibung aber nur die drei vorhin benannten Landstraßen als Unfallort in Frage. Vielleicht sind die anderen Streifenwagen oder der Rettungsdienst erfolgreicher. Fahrt euren Bereich bis zum Ende durch und meldet euch dann noch mal."

Die letzten Worte kann ich, trotz höchster Lautstärke, nur noch erahnen. Wir sind zu weit draußen, zu weit weg von der nächsten Stadt, vom nächsten Funkmast.

„Verdammt, wenn wir ihn nicht bald finden, hat er keine Chance mehr!" Das Sprechgerät schrammt über die Armaturentafel, knallt gegen die Scheibe und verschwindet vom Spiralkabel gezogen im Fußraum.

„Wir sind mit der Strecke durch. Soll ich noch einmal zurückfahren?" Meine Gedanken schwirren. Waren wir

nicht aufmerksam genug gewesen? Konnten wir zwei verunglückte Motorradfahrer einfach übersehen haben? Vielleicht lagen sie zu tief im Straßengraben? Vielleicht unsichtbar hinter der ersten Baumreihe verborgen?
Nein, das kann nicht sein, darf nicht sein!

„Wohin soll ich jetzt fahren?", fragt mich Jens ein zweites Mal.
Was hatte die Leitstelle vorhin als Möglichkeiten durchgegeben? Mein Zeigefinger fährt über die Karte auf meinem Schoß, spürt die Knicke, die sich über die Jahre gebildet haben, entlang der vielen Einsatzorte. Wir sind jetzt hier, was hatte der Zeuge beschrieben?

„Jens, fahr da vorne rechts und halte dich dann in Richtung Bereichsende. Ich habe da noch eine Idee." Meine Hand rutscht zum unteren Kartenende als Jens erneut beschleunigt. Ich angel nach dem Funkgerät im Fußraum, um die Leitstelle über meinen Entschluss zu informieren.

„Da, da vorne ist etwas!" Jens' Stimme ist laut und rau. Ich blicke von der Karte hoch. „Wo?"
„Da vorn rechts, hinter der Leitplanke. Siehst du das silberne Motorrad? Du hattest recht!"
„Wir haben die Unfallstelle gefunden. Leitet den Rettungsdienst und die anderen Einsatzwagen zu uns um." Während ich die erforderlichen Daten an die Leitstelle durchgebe, bremst Jens scharf ab und stellt den Wagen so, dass er als Sicherung der Unfallstelle dient.

Unsere Türen werden von ihren Fangbändern zurückgeworfen, als wir aus dem Fahrzeug stürzen. Ich reiße noch schnell den Verbandskasten aus dem Kofferraum, während sich Jens ein Handfunkgerät greift. Nicht dass es hier draußen funktionieren würde, aber an irgendetwas muss man sich klammern.

Ich renne über Bremsspuren, Verkleidungsteile eines Motorrades, springe über eine zerrissene Leitplanke, den Blick suchend nach vorn gerichtet. Ein silbernes Motorrad liegt unbeschädigt am Straßenrand. Das muss dem Zeugen gehören.

„Wo ist der Fahrer?" Meine Gedanken kreisen, während ich mit Jens den kleinen Abhang hinunter stolpere. Jetzt endlich kann ich einen schwarzen Rücken erkennen, der sich über jemanden am Boden beugt.
Lange, blonde, zum Pferdeschwanz gebundene Haare, fallen über das verwitterte Leder seines Kombis. Ein Helm liegt achtlos hingeworfen gleich neben den vorderen Bäumen.

Mit jedem weiteren Schritt, den ich näher komme, kann ich mehr erkennen.
Jetzt sehe ich einen zweiten Körper, ebenfalls schwarz. Er liegt ganz unten im Kanalbett, das nach dem langen und schönen Sommer trocken da liegt.
Lediglich frisches Blut sickert in seinem Verlauf.
Ich sehe den Kopf, des Liegenden, der noch immer seinen Helm auf hat. Das Gesicht ist durch das verspiegelte Visier nicht zu erkennen.
Sehe das seltsam verrenkte Bein, an dem der Stiefel fehlt.
Sehe, nach einem Zögern, dass das zweite Bein ganz fehlt, dass ein Arm des Bikers mit der Faust auf die Ar-

terie des Liegenden drückt, genau dort, wo das Blut aus dem Körper schießen will.

Sehe das Blut, das sich dennoch in kleinen Fontänen seinen Weg bahnt, als wolle es den trockenen Sommer verhöhnen.

Mittlerweile habe ich den Helfer erreicht, lege ihm eine Hand auf die Schulter. Glcichzeitig erwacht auch mein Gehör wieder aus seiner Erstarrung. Der Verletzte verschafft sich Erleichterung – wimmernd, leise, gequält – gleichsam im Takt seines Blutes.

Ich höre die Stimme des blutverschmierten Helfers, der mit mir spricht, mir Fragen stellt.

„Ich will hier nicht sein! Wo kann ich hin?"

Aber das ist nicht er, der da spricht, das bin ich selbst in meinem überfluteten Kopf. Keine Ahnung, was ‚er' zu mir gesagt hat, will es auch nicht wissen, will nur weg!

Jetzt spricht auch Jens zu mir.

„Konzentrier dich!", befehle ich mir. Es ist als würde ich mich selbst anschreien. „Du bist hier verantwortlich. Mach deinen Job!"

Ich starre auf den Mund von Jens, sehe die Worte, erkenne jedoch keinen Inhalt.

Er dreht sich um und rennt zurück in Richtung Streifenwagen. Dabei brüllt er die ganze Zeit in sein Handfunkgerät.

Ich will ihm noch nachrufen, dass das hier zwecklos ist. Wir sind viel zu weit im Outback.

Mir zupft jemand am Gürtel, gleich neben der Pistole. Reflexartig will ich die Hand wegschlagen, dann bin ich wieder ganz bei mir. Zum Hören kommt auch wieder das Verstehen.

„Was kann ich tun?" Die flehentliche Stimme des großen Mannes scheint mir unpassend. Sein Zopf glänzt
vom Schweiß in der Sonne. Ich knie mich neben ihn,
reiße den Verbandskasten auf und drücke ihm einen
sterilen Druckverband in die Hand.

„Sie machen das super! Genau richtig. Drücken Sie weiter fest auf die Schlagader. Können Sie noch, oder soll
ich Sie ablösen?"

Warum frage ich? Ich will die Antwort doch gar nicht
hören.

„Das wäre gut, ich drücke hier nämlich schon ziemlich
lange drauf." Seine Stimme gewinnt an Festigkeit, hofft
auf Erleichterung.

Plötzlich bin ich es, der versucht die Schlagader mit
einem Verbandspäckchen zu verschließen, damit sich
nicht auch der Rest von Leben in die Erde ergießt.

Wo genau ist die Arterie? Bin ich hier überhaupt richtig? Vor lauter Blut kann man nichts erkennen. Eine
Hüfte sieht mit nur einem Bein ganz anders aus. Ich
orientiere mich an den Geschlechtsorganen. Ein bisschen Glück scheint er gehabt zu haben – die sehen un-
versehrt aus. Hier, der Beinansatz – das sollte stimmen.
Es läuft nur noch wenig Blut über meine Finger. Kein
kleiner Springbrunnen mehr. Ist da kein Blut mehr, das
vom Herz herausgedrückt werden könnte? Was ist mit
der Atmung?

Meinen Ersthelfer kann ich nicht fragen, der kniet wenige Meter neben uns und übergibt sich lautstark. Mir
wird ebenfalls schlecht.

Wo verflucht ist Jens?

Ich blicke über den Verletzten, lege meine freie Hand auf seine Brust und fühle das Herz schnell schlagen, genau der Takt, den auch mein Daumen spürt. Ohne den Druck in der Leiste zu verringern, öffne ich das Helmvisier und blicke in sein fahles Gesicht. Er atmet noch. Gut so!

Neben mir taucht Jens wieder auf.

„Der Hubschrauber ist alarmiert und sollte gleich kommen. Der Rettungswagen steht ebenfalls kurz vor dem Eintreffen. Soll ich dir hier helfen, oder kann ich wieder hoch den Hubschrauber einweisen?"

„Drück du bitte weiter mit deinem Daumen genau hier auf die Schlagader. Lass du dir bitte das Blut über die Hände spritzen. Schau du bitte in seine flehenden Augen und sprich mit ihm!"

Tatsächlich jedoch sage ich: „Geh nur!" Und schon bin ich wieder allein.

„Können Sie mich hören? Können Sie sprechen? Versuchen Sie wach zu bleiben! Nicht einschlafen! Der Rettungswagen kommt gleich! Hilfe ist unterwegs!"

„Sind Sie verheiratet? Haben Sie Kinder? Wie ist Ihr Name? Wann sind Sie geboren? Sollen wir jemanden anrufen?"

„ADAC – das Motorrad!" Das ist alles, was er auf meinen Redeschwall antwortet.

Verdutzt halte ich inne. Kaum eine Antwort erwartend, hatte ich nicht mit dieser gerechnet. Er ist bei Bewusstsein. Jetzt nur nicht nachlassen.

„Wir kümmern uns um Ihr Motorrad. Aber jetzt geht es erst einmal um Sie!" Beruhigend lege ich ihm meine Hand auf seinen Oberarm. Sein Zucken und meine Fingerspitzen verraten mir, dass dieser wohl auch gebrochen sein muss.

„Ich will ja euren Plausch nicht unterbrechen, aber du störst jetzt hier", sagt plötzlich jemand neben mir. Mein Daumen wird durch einen Anderen ersetzt und ich unsanft zur Seite gedrängt. Stolpernd komme ich auf die Beine und blicke auf die Sanitäter, die mit dem Notarzt zusammen meinen Platz eingenommen haben.

Ich blicke mich suchend um und kann Jens an der Straße erkennen, auf der mittlerweile mehrere Streifenwagen stehen. Absperrung, Einweisung für den Hubschrauber – alles scheint organisiert zu sein.
Neben mir steht nun auch wieder der zweite Motorradfahrer.
Der ist ‚fertig', geht es mir durch den Kopf. Sehe ich genauso aus?
„Wie geht es Ihnen? Sind Sie auch verletzt? Kennen Sie den Verletzten? Was genau ist passiert?" Eigentlich sollte ich ihn erst einmal belehren, bevor ich ihn so etwas frage.
Er schweigt einfach, blickt mich nur an. Dann setzt er sich an den Hang und weint. Ich drehe ihn so gegen die Böschung, dass seine Beine hoch gelagert sind. Er hilft nicht mit, verweigert sich aber auch nicht.

Ich zwinge mich die wenigen Schritte zurück zu dem Verletzten zu gehen und spreche einen der Sanis an.
„Wenn einer von euch mal nach dem anderen Motorradfahrer sehen könnte, ich glaube er hat einen Schock. Nicht, dass der uns auch noch zusammenklappt."

„Wir kümmern uns gleich um ihn! Müssen unseren Schwerverletzten hier nur erst für den Transport stabilisieren."

„Gut." Ich wende mich ab und will wieder gehen, als er mich noch einmal anspricht.

„Du kannst uns einen Gefallen tun. Schau mal, ob du das Bein finden kannst! Wenn es geht, würden wir es gerne mit ins Krankenhaus nehmen."

Das Bein – natürlich. Warum ist mir das nicht selber eingefallen? Klar, ich muss das Bein suchen!

Der Hubschrauber kann jeden Moment eintreffen und dann geht alles sehr schnell.

Bis dahin muss ich das Bein gefunden haben!

Ich eile entlang der Böschung, blicke mich suchend um, scharre mit den Füßen unter Sträuchern, seziere jeden Zentimeter Boden.

Dort ist das Motorrad durch die Leitplanke gebrochen, da liegt das Opfer. Also irgendwo dazwischen müsste es sein.

Mein Blick wandert umher. Nichts! Kein Blut, kein Bein!

Ich finde ein paar Motorradteile und auch das völlig zerstörte Motorrad, aber kein Bein!

Verzweifelt wende ich mich immer und immer wieder suchend um, rufe nach Jens, er soll mir helfen.

Über dem Waldrand knattert der Hubschrauber heran. Das Bein muss mit! Schnell und konzentriert weitersuchen!

Wieder und wieder drehe ich mich um meine eigene Achse, und ein weiteres Mal sehe ich nur das Motorradwrack, der Verletzte, das Loch in der Leitplanke, die gedachte Linie. Kein Bein!

An der Linie renne ich jetzt entlang. Hin und her.

Der Hubschrauber ist gelandet, von dem Bein keine Spur!

Wieder zurück, hoch auf die Straße, hier hat man einen besseren Überblick. Kein Bein!

Der Verletzte wird auf die Trage gelegt, ich renne wieder runter in den Wald. Vielleicht ist es ja weiter geflogen als vermutet.

Links, rechts, unter Gestrüpp, hinter Baumstümpfen – ich schaue überall – kein Bein!

Kein verdammtes Bein!

Die Trage wird zum Hubschrauber gebracht. Er braucht doch sein Bein.

„Ich finde es bestimmt noch. Hab's gleich!" schreie ich gegen den Lärm der Rotoren.

Schnell zurück zum Liegeplatz des Verletzten. Noch einmal. Gedachte Linie, Fluglinie, mögliche Landepunkte.

„Jens, wo bleibst du denn?"

Es kommt kein Jens, der hilft oben an der Straße. „Verdammt!"

Die Bahre verschwindet im Rumpf des Hubschraubers und die Türen werden geschlossen, das Heulen der Turbinen verstärkt sich.

Zu spät!

Der Hubschrauber hebt ab und ich sinke zu Boden. Tränen laufen mir über die Wangen.

Das Rotorengeräusch verklingt in der Ferne. Erschöpft lehne ich mich an die Böschung und sehe dem Hubschrauber nach, während die Sonne bereits die Wipfel der Bäume streift.

Leer und müde schweifen meine Augen über die Szene, als ich plötzlich ein kurzes Blitzen in den Bäumen sehe.

Das gibt es doch gar nicht, oder? Das sind doch mindestens drei Meter. So hoch ist das Bein doch niemals geflogen, oder doch?

Noch mehr Blitzen – das könnten Silbernieten einer Motorradhose sein. Noch im Lauf blicke ich weiter nach oben.

„Das Bein – ich habe das Bein!", schreie ich erleichtert. „Ich hab's gefunden!"

„Wo ist es?", kommt eine Stimme zurück.

„Hier oben im Baum." Fast habe ich die Stelle erreicht. "Ich komme aber nicht dran. Hat die Feuerwehr eine Leiter dabei?"

Eilig kommen zwei Feuerwehrmänner mit einer Leiter die Böschung runter und bergen das Bein.

Mit schnellen Schritten bringe ich es zu einem der Rettungswagen.

Erschöpft lehne ich mich an die offene Hecktüre. „Vielleicht nützt es ja noch was, wenn ihr es schnell ins Krankenhaus bringt."

„Meinst du im Ernst, dass er sein Bein noch braucht?" Der ältere Sanitäter sieht mich aus blassen Augen an. „Du hast doch selber deine Hand in ihm drin gehabt. Er war doch da schon mehr tot als lebendig."

„Aber ihr müsst es doch zumindest versuchen", Zorn flammt in mir auf.

„Machen wir ja auch, aber mach dir nicht zu viele Hoffnungen!"

Er nimmt mir meine Last aus den Händen und legt das Bein in einen Behälter des Krankenwagens.

Mein Ausrüstungsgürtel zerkratzt die Motorhaube des Streifenwagens, als ich rücklings auf ihr zum Sitzen komme.
„Du brauchst nicht mehr loszufahren. Er ist eben im Hubschrauber gestorben!"
Die Stimme des Sanis verklingt.

Was mir bleibt, ist die Kühle der Windschutzscheibe, gegen die ich gesunken bin.

Elisabeth Heydel
Abendstund hat Gold im Mund

Mit großem Appetit betrachtete Selma das Stillleben auf dem blauen Keramikteller: Eine pralle Blutwurst mit Senftupfer, eine Kraterlandschaft aus grob geschnittenen Zwiebelringen und am Tellerrand eine Scheibe Pumpernickel. Preiswert und gut, für eine Studentin genau das richtige. Sie schluckte genüsslich, als sie mit der Gabel in die stramme Haut stach und mit dem Messer die braunrote Masse teilte. Genau so muss frische Rotwurst sein: weich und doch fest, mit kleinen Speckstücken und darüber ein Hauch von Majoran. Vorsichtig balancierte sie ein viel zu großes Stück mit Senfhaube und Zwiebelring in den Mund und begann vollmundig zu kauen, als es plötzlich knirschte.
Ein stechender Schmerz bohrte sich in die rechte, untere Zahnreihe. Die Handfläche auf die gepeinigte Wange

gepresst, rannte sie ins Badezimmer zum Waschbecken, spuckte den Wurstbrei aus und spülte mit Wasser nach. Die kalte Dusche betäubte für wenige Augenblicke das Zahnfleisch, doch dann setzte die Qual wieder ein; als ob sich ein Meißel in den Kiefer bohrte.

Mit aufgerissenem Mund starrte sie in den Spiegel, verrenkte den Kopf nach links und rechts. Was blitzte hinten in der rechten, unteren Zahnreihe? Was tat so höllisch weh? Dann entdeckte sie die Ursache: ein spitzes Stück einer fremden Goldkrone hatte sich in den Zahnspalt der Backenzähne gerammt.

Sie stellte sich Metzger Weiß vor, kahlköpfig, mit wulstigen Lippen, die gelben Zähne stets zu einem kundenfreundlichen Lächeln gebleckt. Die Vorstellung, vielleicht den Goldzahn dieses Menschen im Mund zu haben, widerte sie an. Der hatte wohl die Werbung „Aus eigener Schlachtung!" zu wörtlich genommen.

Ohne zu zögern, griff sie nach einer Pinzette, umklammerte die goldene Spitze und zog. Der Zahn rührte sich nicht. Vielleicht war ein Nagelreiniger als Werkzeug geeigneter? Sie zog mit der linken Hand die Unterlippe nach außen und setzte mit der rechten die Spitze der Feile direkt auf das Zahnfleisch, um mit sanfter Gewalt einen Keil zwischen Fremdkörper und eigenem Zahn zu treiben. Aber es fing so stark an zu bluten, dass sie nichts mehr erkennen konnte. Sie gab auf.

„Ich muss sofort zum Zahnarzt" schoss es ihr durch den Kopf.

Es war Freitag, bereits 18.00 Uhr. Ob sie überhaupt zu dieser Zeit noch einen Arzt antreffen würde? Sie erinnerte sich, dass an der Einmündung zu ihrer Wohnstraße ein Ärztehaus neu eröffnet hatte. Schnell warf sie ihre Jacke über und rannte los.

Erleichtert stellte sie fest, dass im dritten Stock ein Zahnarzt praktizierte. Sie nahm zwei Stufen auf ein Mal und drückte, noch ganz außer Atem, auf die Klingel von Dr. Burger. Nichts tat sich. Da merkte sie, dass die Tür nur angelehnt war und schob sich zögernd in den Empfangsraum. Um sie herum nur verschlossene Türen mit Aufschriften. Auf ihr gedämpftes „Hallo!" hin öffnete sich ihr gegenüber die Tür mit dem Schild „Behandlungszimmer 1". Ein junger Mann in Jeans und dunkelblauem Pulli stand im Türrahmen. Mit der Rechten rückte er die randlose Brille zurecht, sah Selma fragend an und verkündete ungehalten:

„Die Praxis ist seit einer Stunde geschlossen!"

In ihrer Aufregung hatte sie gar nicht auf die Zeitangaben geachtet.

„Das dürfen Sie mir nicht antun. Sie müssen mich drannehmen! Wenn Sie in meinen Mund gucken, können Sie mich verstehen."

Selma war bei diesen Worten auf ihn zugegangen.

„Ich bin wirklich ein Notfall", und obwohl ihr nicht zum Scherzen zumute war, fügte sie verkrampft lächelnd hinzu: „Sogar ein goldener Notfall!"

Er zog die Stirn in Falten, und die blauen Augen, die durch die Gläser größer wirkten, musterten sie neugierig. Erst jetzt wurde ihr bewusst, dass ihre Haare strähnig herunterhingen, das Poloshirt einen ausgefransten Kragen hatte und am rechten Hosenbein der Shorts Blutwurst klebte. Unsicher knibbelte sie an dem roten Grind.

„Ein goldener Notfall?", wiederholte er grinsend, und sein Blick wanderte über ihre langen, nackten Beine zu dem Blutwurstknaas.

Selma schüttelte verzweifelt den Kopf.

„Bitte, sie müssen mir helfen!"

Und ehe er sich versah, schob sie sich an ihm vorbei und setzte sich in den Behandlungsstuhl. Sie lehnte den Kopf zurück, sperrte den Mund auf, fest entschlossen, diesen Platz erst wieder zu verlassen, wenn sie vom Gold befreit war. Aus den Augenwinkeln heraus beobachtete sie, wie er einen Kittel anzog und Gummihandschuhe sorgfältig überstreifte.

„Na, dann will ich mir mal ansehen, was es so Dringendes gibt. O lala, das ist wirklich etwas Besonderes. Abendstund hat Gold im Mund. Aber das gehört natürlich nicht in eine Reihe so blendend weißer Zähne."

Selma stöhnte, hielt den Mund aufgesperrt und quetschte stark verzerrt hervor. „Bitte, keine Witze mehr! Nur raus damit!"

Sie hielt die Augen geschlossen und lauschte nervös den Geräuschen.

Schubladen wurden herausgezogen, schlossen sich mit weichem Surren, Schranktüren klickten sanft, Deckel schnappten, Wasser wurde aufgedreht, abgedreht, ein Summton erfüllte den Raum, wurde leiser gestellt, verhallte dann ganz.

Dass er so lange für die Vorbereitungen brauchte, ängstigte Selma. Offensichtlich kam er ohne Helferin in seiner eigenen Praxis nicht gut zurecht. Schließlich trat er auf das Pedal des Stuhls. Ruckartig fuhr sie hoch. Beim zweiten Versuch ging es sanft nach unten.

Trotz Mundschutz hörte sie sein schnelles Atmen. Er stand leicht vorgebeugt, die Rechte hielt eine Zange, die Linke einen schaufelartigen Spatel. Seine Hände zitterten.

„So, dann wollen wir mal! Wir werden das gute Stück erst kurz anhebeln und dann langsam mit der Zange herausziehen."

Wie Selma dieses „Wir" hasste. Als ob Ärzten nichts Besseres einfallen könnte.

Sie stemmte die Füßen fest auf und umklammerte mit den Händen die Lehne, so dass sich die Knöchel weiß abmalten. Dann spürte sie das kalte Metall am Zahnfleisch, der Hebel grub sich unter den Fremdkörper, die Zange packte zu, der Goldzahn ruckte, und Druck und Schmerz ließen nach.

Sie öffnete die Augen und sah die goldene Beute fest in den Fängen der Zange. Angeekelt schüttelte sie sich. Dass dieser Goldzinken überhaupt in ihrem Mund Platz gefunden hatte!

„Da haben wir das gute Stück!"

Jetzt klang das „Wir" eigentlich ganz sympathisch, zumal in seiner Stimme Mitleid und Erleichterung mitschwangen.

Er zog den Mundschutz herunter und hielt ihr den Übeltäter wie eine Siegestrophäe entgegen:

„Und was machen wir damit!?"

Selma vermied es, in seine blauen Augen zu sehen und spülte erst einmal gründlich den Mund.

„Sie können es behalten. Nehmen Sie das Ding als Bezahlung!"

„So einfach geht das nicht."

Er drehte die Zange, um die weißgelbe Pracht von allen Seiten zu betrachten.

„Das ist ein wertvolles Stück, wie mir scheint sogar ein hochwertiges Gold. Da müssen eventuelle Besitzansprüche geklärt werden."

Selma konnte es nicht fassen. Schließlich fühlte sie sich als Opfer. Nun sollte sie sich auch noch rechtfertigen! Mit Tränen kämpfend erzählte sie, wie sich alles zugetragen hatte und wiederholte zum Schluss noch einmal ihren Vorschlag:

„Bitte behalten sie das Ding, wie ich schon sagte, als Bezahlung für Ihre Arbeit."

„Das ist ja gerade das Problem."

„Ich sehe kein Problem. Ich bin so froh, dass Sie mir geholfen haben. Sie können doch als Zahnarzt ausnahmsweise für diesen kleinen Eingriff pures Gold nehmen."

„Eben, das ist es ja. Ich bin gar kein Zahnarzt!"

„Ja, aber Sie haben doch ..."

„... nur versucht zu helfen."

„Ich bin der Sohn von Dr. Burger und sollte für meinen Vater Unterlagen aus der Praxis holen. Darf ich mich vorstellen: Bodo Burger, Jurastudent im achten Semester."

Und während er den Kittel auszog und an den Haken hängte, fügte er in einem Ton, der keinen Widerspruch duldete, hinzu:

„Und damit diese Geschichte kein juristisches Nachspiel hat – von wegen Amtsanmaßung oder Bezahlung mit fremdem Gold – setze ich zwecks Klärung der Fakten für heute Abend ein Arbeitsessen an!"

Elisabeth Heydel
Werters flotte Lotte

Es ist bereits 8.05 Uhr und der Stundenanfang schon fünf Minuten überfällig. Nervös öffne ich meine Collegemappe und vergewissere mich zum zweiten Mal, ob ich das Lehrerheft zu Goethes Briefroman „Die Leiden des jungen Werthers" in der Tasche habe. Hinter dieser Tür lauern sechzehn Schüler und Schülerinnen des Grundkurses „Deutsch" der Jahrgangsstufe 12 auf mich, ihr junges, noch unerfahrenes Lehreropfer. Zentimeterweise öffne ich die Tür und luge in den Neon erleuchteten Raum. In losen Gruppen sitzen sie auf Tischen oder stehen am Fenster.

Es dauert eine Weile, bevor die Jeanstruppe zu den Plätzen geschlendert ist und die Lektüren herausgekramt hat. Zu Beginn der Stunde hält Magnus, der Klassenprimus, ein Referat über die Liebesgefühle des jungen Werthers. Er ist nicht nur der klügste sondern mit seinen 185 cm auch der größte der Schüler und scheint sich mit seinem Aknebart und dem schwarzen, in Kampfhelmform gegelten Haar, an der Klassenfront sicher zu fühlen. Mit übertrieben gespielter Leidenschaft trägt er Werthers Liebeswünsche vor, peilt mich dabei mit seinem Blick frech an, so dass ich verlegen in den Text schaue und mich in den hinteren, sicheren Raum flüchte.

Mit verschränkten Armen lehne ich an der Fensterbank und rolle das Schülerfeld von hinten auf. Die Skatspieler am Mitteltisch lassen sich nicht stören. Von meinem Beobachtungsposten aus kann ich erkennen, dass Lukas einen Grand mit Vieren in der Hand hält. Mit Genugtuung registriere ich, dass er das Spiel knapp verliert. Die

Mädchengruppe im vorderen Bereich sitzt tief gebeugt über dem Arbeitsplatz. Sie tuschelt und hantiert mit Zirkel und Geodreieck, eine mir unbekannte Interpretationsmöglichkeit des Werthers.

Am Fenstertisch in meinem Blickwinkel sitzt der Klassensprecher. Den dicht gedruckten Text macht ein seitenfüllendes, zeichnerisches Machwerk unleserlich. Als er bemerkt, dass ich ihn beobachte, schiebt er die aufgeschlagene Lektüre demonstrativ an den Tischrand, so dass mich die mandelförmigen Augen einer nackten Schönheit anschmachten. Ihre Brustwarzen und der Bauchnabel sind gepierct, die Schamhaare mit schwarzem Filzstift schraffiert. In einer Sprechblase verkündet sie: „Ich bin Werters flotte Lotte." Am meisten stört mich, dass bei Werther das h fehlt.

Magnus verweist zum Schluss auf Werthers Bitte an Lotte, keinen Sand mehr in die Liebesbriefe zu streuen, da die Sandkörner auf den Lippen so knistern und löst mit diesem erfundenen Zitat breite Lachsalven aus.

Scheinbar gelassen schlendere ich im Slalom durch die Gruppentische nach vorne, spüre die Blicke im Nacken, höre Getuschel und Gekicher. Als ich meinen Kommandostand am Lehrerpult erreiche, sehen mich sechzehn Augenpaare gespannt an. So viel ungeteilte Aufmerksamkeit macht mich misstrauisch. Ich schlucke, räuspere mich und erkläre mit heiserer Stimme das Beziehungsschema der wichtigsten Personen des Dramas. Während ich die unbedingte Liebe Werthers zu Lotte mit Zitaten belege, meldet sich der Klassensprecher. Überrascht von der unerwarteten Mitarbeit, nicke ich ihm zu. Umständlich windet er sich zwischen Tisch und Stuhl hoch, grinst und fragt: „Kann ich das Fenster auf-

80

machen? Hier stinkt es fürchterlich!" „Öffnen Sie das Fenster und schmeißen Sie gleich Ihr Schmierwerk hinaus", möchte ich ihm am liebsten entgegenschleudern, aber es würde im Gelächter der Schüler untergehen.

Mit zittriger Hand zeichne ich ein Schaubild an die Tafel, wohl wissend, dass sich die Truppe im Rücken mehr für meine Beine interessiert, den Sitz der Frisur begutachtet und über meine Schwitzflecken unter den Achseln lästert. Ein Pfeifkonzert beginnt, als ich mit gestreckter Rechten am oberen Rand der Tafel schreibe und mir die Bluse aus dem Gürtel rutscht.

Ein triefendes Schwammstück saust knapp über meinem Kopf, wobei es mein Haar streift und Werthers Namenszug an der Tafel trifft. Tränen rollen aus „Wert" und zerteilen sich zu einem dunklen Adergeflecht, das auf der verschmierten Tafel nach unten wächst und meine Schriftzüge zerstört. Einige Tropfen sammeln sich in meinen Haarfransen auf der Stirn und rinnen über die Wangen.

Als ich mich umdrehe, ist es ganz still. Eine beklemmende oder eine hämische Stille?

Die Spuren der dreckigen Schwammbrühe bedecken mein Gesicht, gleichen einer Kriegsbemalung. Die Gesichter vor mir verschwimmen zu einer Wand aus spöttisch verzerrten Fratzen, zementiert mit der Coolness der Jugend. Direkt vor mir der rote Sigi in aufrechter Siegerpose, die blassblauen Augen mustern mich triumphierend. Vor ihm auf dem Tisch eine faustgroße Schwammhälfte, deren Nässe dunkle Kränze in das Holz gefräst hat.

Langsam ergreife ich den Schwamm, packe ihn mit beiden Händen, halte ihn über den roten Haarschopf und wringe ihn aus.

Braune Brühe ergießt sich auf Sigis Scheitel, verläuft zwischen den roten Stoppeln, rinnt in dünnen, krummen Furchen über Stirn und Wangen; einige Rinnsale schaffen es über den kurzen Hals bis zu dem hochgeschlagenen Poloshirt und versickern im Kragen. Wie gelähmt bleibt er sitzen. Erstaunte Starre in der Gesichterwand dahinter! Ich gehe an meinen Schreibtisch, packe meine Tasche und verlasse mit festem Schritt aufrecht die Klasse.

Am nächsten Morgen. Nervös öffne ich meine Collegemappe und vergewissere mich schon zum zweiten Mal, ob ich das Lehrerheft in der Tasche habe. Entschlossen öffne ich die Klassentür. Die Schüler sitzen auf ihren Plätzen. Die Tafel ist aufgeklappt und in einem rot umrandeten Textfeld steht:
„Ein Mensch, der in der Wut der Beleidigungen es mit sechsen aufnimmt und sie überwältigt, ist der schwach zu nennen?" Goethe, Werthers Leiden
Ich gehe zu meinem Schreibtisch, hole die Lektüre aus der Tasche und beginne den Unterricht.

Elisabeth Heydel
Auf Morrgen, Borris!

Zunächst war an diesem Tag alles wie immer. Boris betrat den Klassenraum der Zwölf. Ein träges Gemurmel von einzelnen Schülergruppen erfüllte den Raum.

Von niemandem beachtet, schlängelte er sich bis zu seinem Stammplatz zum letzten Tisch der Fensterreihe. Er hatte sich diesen Platz selbst gewählt. Hinter der halbhohen Mauer aus bunten Rücken fühlte er sich sicher. Als Klassenbester gönnte er sich hier, von Lehrern unbemerkt, Zeit zum Träumen.

Er öffnete das Fenster, um den muffigen Geruch von nasser Kleidung zu vertreiben, beugte sich hinaus und atmete tief durch. Draußen war es diesig, und der Ahorn, dessen Krone bis in den zweiten Stock ragte, tropfte, obwohl es nicht regnete. Er hoffte, dass sich im Lauf des Vormittags die Herbstsonne durchsetzen könnte. Jonas aus der ersten Bank rief:„Stotti, mach das Fenster zu!"

Er nickte seinem Baum zu und gehorchte schweigend. Sein vollständiger Name war Boris Tojewski. Weil er stotterte, hatten ihm die Mitschüler schon in der ersten Woche den Spitznamen „Stotti" verpasst.

Damals, als die Familie Russland verließ, war Boris drei Jahre alt. Sein Vater, ein erfolgreicher Ingenieur, arbeitete bei einer Maschinenfabrik und hatte sich gut eingelebt, seine Mutter kümmerte sich um die drei Kinder und kämpfte tapfer gegen das Heimweh. Mit seiner Mutter sprach er nur Russisch und zwar ohne zu stottern. Deshalb erklärten die Sprachtherapeuten vor allem die Zweisprachigkeit als eine mögliche Ursache seiner Sprachstörung. Je mehr er sich um die deutsche Sprache bemühte, umso mehr verklemmten sich die Laute in der Kehle. Damals zeigte es sich, dass er ein sehr intelligenter Junge war. Er schaffte es, sich mit so viel Gestik wie möglich und so wenig Sprache wie nötig verständlich zu machen.

Boris setzte sich an seinen Platz und nahm das Deutsch-
buch aus der Tasche. Der Jahreszeit entsprechend stand
Herbstlyrik auf dem Plan. Er liebte die Stimmung dieser
Gedichte, weil sie zu seinem Ahorn am Fenster passte.
Pünktlich mit dem Stundengong betrat Dr. Gruner den
Klassenraum. Doch bevor er mit dem Unterricht begin-
nen konnte, öffnete sich erneut die Tür, und der Konrek-
tor betrat die Klasse. Hinter ihm folgte mit zaghaften
Schritten eine neue Mitschülerin. Wie ein Schutzschild
die dunkelrote Stofftasche umklammernd, stand sie ne-
ben dem Konrektor, den Kopf zur Seite gesenkt, so dass
der blonde Pferdeschwanz auf die linke Schulter fiel.
Der dunkelbraune Pullover hing lose über hellblaue
Jeans.
„Ich möchte Ihnen eine neue Schülerin vorstellen: Elena
Lowzinski. Sie kommt aus Russland, genauer aus Kirgisien. Vor sechs Monaten ist ihre Familie nach Deutschland gekommen. Sie wird ab jetzt probeweise am Unterricht dieser Klasse teilnehmen."
„Russland – Kirgisien – Lowzinski" für Boris vertraute
Töne. Er streckte sich, um besser sehen zu können. Wie
zierlich und zerbrechlich dieses russische Mädchen neben dem Konrektor wirkte.
In diesem Augenblick merkte Boris, dass der Konrektor
ihn ansah, sich kurz umdrehte, halblaut einige Sätze mit
Dr. Gruner wechselte, mit dem Kopf bekräftigend nickte und verkündete: „Eure neue Mitschülerin Elena wird
da hinten auf dem freien Platz neben Boris Tojewski
sitzen."
Alle Köpfe gingen ruckartig nach hinten. Boris duckte
sich unter diesen vielen Blicken. Er sah, dass Elena die
rote Tasche noch enger an den Körper drückte und wie

aus Versehen ein Lächeln über das blasse Gesicht huschte.

Zu Boris gewandt fuhr der Konrektor fort: „Wie mir bekannt ist, sind Sie ein sehr guter Schüler. Vielleicht ist es möglich, dass Sie Ihrer neuen Klassenkameradin das Einleben etwas erleichtern. Noch etwas, kommen Sie mit Elena nach der großen Pause ins Sekretariat, um Bücher abzuholen und um einige Formalitäten zu erledigen!"

Aus den vorderen Reihen war ein künstliches Räuspern zu hören.

Den Blick auf die Turnschuhe gerichtet, schritt Elena durch den Mittelgang, hing die rote Tasche über die Lehne, nickte fast unmerklich in seine Richtung und setzte sich. Ihre Augen blickten starr nach vorne. Mit einem kurzen Seitenblick sah er ihre Hände, die sie so fest auf dem Tisch verschränkte, dass sich die Knöchel blass abmalten. Die beiden vor ihm Sitzenden drehten sich um und grüßten mit einem lässigen `Hey`. Ein gehauchter Atemzug war Elenas Antwort.

Boris Kehle war wie zugeschnürt. Keinen Gruß, keine Silbe brachte er zustande. Als Dr. Gruner das Gedicht vorlas, zeigte er stumm auf die Verszeilen.

Elena nickte kurz, doch schon nach wenigen Minuten lehnte sie sich an den Stuhlrücken und schaute aus dem Fenster. Sie verlor sich in der Betrachtung des Ahorns. Die ersten Sonnenstrahlen kämpften sich durch das nasse Laubdach, Wassertropfen perlten als funkelnde Diamanten von den Blättern. Als Jonas aus der ersten Reihe ihr zuzwinkerte, schließlich sogar mit den Fingern schnipste, bemerkte sie es nicht einmal. Erst als das Gedicht zum Schluss der Stunde mit viel Gefühl lautstark vorgetragen wurde, schreckte sie wie ertappt auf. Wie gern hätte Boris ihr erzählt, dass der Ahorn am Fenster und das vorgetragene Gedicht die gleiche Welt, seine Welt, umfassten.

Als Dr. Gruner sein Buch zuklappte, stand Boris so hastig auf, dass der Stuhl nach hinten kippte. Ohne sich umzusehen, verfolgt von den Lachsalven aus den vorderen Reihen,

stürmte er auf den Flur. Er suchte sich eine verlassene Fensternische und übte das Wort Sekretariat, indem er zuerst einatmete und mit der ausströmenden Luft die fünf Silben hintereinander sprach.

Als Boris nach der Pause die Klasse wieder betrat, stand Elena mit einigen Mädchen bei Jonas und Bert. Jonas grinste ihn frech an: "Na Stotti, bist am Ende der Stunde richtig getürmt vor der schönen Elena. Ist mal was anderes als immer nur ne Schultasche als Nachbar, und nun darfst du mit ihr sogar einen Ausflug machen." Nicht alle lachten mit.

Boris wurde unruhig. Schließlich wurden Elena und er jetzt im Büro erwartet. Entschlossen stand er auf und ging nach vorne. Plötzlich war es ruhig, der Kreis teilte sich. Alle starrten auf seinen Mund, lauerten auf seine Worte. Er schluckte mehrmals, schaute zu Elena, nickte ihr zu und sagte ohne zu stocken: „Sekretariat!"

Elena sah ihn fragend an. Offensichtlich kannte sie diese Vokabel nicht, wusste nicht, was er von ihr wollte. Boris blickte in den Kreis der Gesichter, eine fast unerträgliche Spannung machte sich breit. Er suchte nach Worten. Plötzlich straffte er die Schultern, blickte gelassen, fast triumphierend in die Runde und erklärte, zu Elena gewandt, in fließendem Russisch, warum sie beide ins Sekretariat kommen sollten. Als er geendet hatte, blieb es still. Wie gebannt, ja fast andächtig, hatten sie dieser fremden Sprachmelodie gelauscht, ließen sie im Raum verklingen. Dann schloss sich ein Kreis um ihn, und einige klatschten sogar Beifall.

Auf dem Weg zum Sekretariat erzählte Elena von ihrer Familie und schilderte ihre Ängste vor der deutschen Schule. Sie merkte gar nicht, dass Boris den Weg über den Flur des dritten Stockwerkes verlängerte und dass sie somit zweimal an der Hausmeisterkabine vorbeikamen.

Als sie wieder in ihren Klassenraum zurückkehrten, hatte die letzte Schulstunde bereits begonnen. Boris spürte die neugierigen Blicke der Mitschüler, schritt jedoch mit Elena wie selbstverständlich durch den Mittelgang zu seinem Stammplatz am Fenster.

Der Schlussgong war noch nicht verhallt, als Bert und Jonas neben Elena standen und heftig auf sie einredeten. Jonas gab ihr einen Zettel, auf den er seine Telefonnummer notiert hatte. Gewohnt schweigsam packte Boris seine Sachen; er hatte es eilig, weil er den Schulbus erreichen musste. Schon glaubte er, von den Dreien unbeachtet, sich davongemacht zu haben, als ihn an der Türschwelle Elenas Stimme einholte: „Auf Morrgen, Borris!“

Horst Marsollek
Don Alfredo

Don Alfredos berühmter Auftritt im Zirkus war immer der erste nach der Pause.

Er begann mit Fanfarenklängen, und wer noch nicht saß, sah zu, schnell wieder auf seinen Platz zu kommen. War dann Ruhe eingekehrt, bewegte sich der Vorhang unter der Kapellenempore. Zwei Zirkusdiener mit einem Bottich erschienen, liefen damit in die Mitte der Manege, stellten ihn ab, rannten zurück und verschwanden so schnell hinter dem Vorhang, dass man meinen konnte, sie fürchteten die Öffentlichkeit.

Danach erschien Don Alfredo und gleißend helles Scheinwerferlicht richtete sich auf ihn, dass die Pailletten auf seinem weißen Anzug nur so funkelten. Als Erstes tänzelte er die kreisrunde Bande entlang, und entdeckte er auf einem der Logenplätze eine besonders herausgeputzte Dame, dann warf er ihr Kusshändchen zu.

Währenddessen traten die beiden Zirkusdiener noch einmal in Erscheinung. Sie kamen mit zwei großen Kannen in die Manege getrippelt, gossen daraus Wasser in den Bottich und verschwanden.

Dann war wieder Don Alfredo an der Reihe. Er packte den Bottich, rückte ihn mal hierhin, mal dorthin, blickte in die Zirkuskuppel, verglich oben mit unten und tat das so lange, bis ihm alles auf dem rechten Platz erschien. Das machte er mit großem theatralischen Gehabe, gestikulierte herum, redete Unverständliches, tat so, als wäre er unzufrieden mit sich – also, wer wollte, konnte allein das schon als etwas ansehen, was sein Eintrittsgeld wert war.

Aber das war natürlich längst nicht alles. Denn kaum hatte er ein lautes „Hepp, Hepp" von sich gegeben, da setzten Trommelwirbel mit ansteigender und abschwellender Schlagzahl ein. Gleichzeitig rauschte aus der Zirkuskuppel eine Strickleiter herab und Don Alfredo hielt sich daran fest, so wie er sie zu fassen bekam. Die Trommeln schwollen nun dramatisch an und ehe man sich versah, begann Don Alfredo in die Höhe zu steigen. Am höchsten Punkt der Zirkuskuppel war ein Podest angebracht, das von unten so winzig klein erschien, dass es die Zuschauer allein vom Hinsehen schon grauste. Von dort aus winkte Don Alfredo dem Publikum zu.

Zu den Trommelwirbeln kam nun eine Pauke mit schwerem Klang. Im Publikum erstarb an dieser Stelle jede Stimme, jedes Geräusch, alle blickten mit offenem Mund starr nach oben.

Und Don Alfredo? Er schmiegte beide Arme fest an seinen Körper und in der Sekunde, in der er sich kopfüber in die Tiefe stürzte, ging ein Aufschrei durchs Zelt, als würde jedem einzelnen Zuschauer Schreckliches widerfahren.

Der Sturz, oder sollte man besser sagen: der Flug, dauerte nicht lange. Don Alfredo landete mit dem Kopf zuerst im Bottich, der dumpfe Aufprall war gut zu hören, Wasser spritzte im hohen Bogen heraus und rauschender Applaus brandete auf. Danach stemmte er sich aus dem Kopfstand in den Handstand, schnellte mit kaum wahrnehmbarer Kraftanstrengung in den aufrechten Stand und lächelte ins Publikum, als wäre das alles nichts gewesen.

Das war Don Alfredos berühmte Nummer, gefeiert im In- und Ausland, und jede Stadt fühlte sich geehrt, wenn das Zirkusunternehmen um passendes Gelände für ein paar Tage der Aufführung ersuchte.

So ging das monatelang, bis dann an jenem Sonntag die festliche Abendgala abgebrochen werden musste und keiner der Zuschauer auch nur ahnte, welche menschliche Tragödie sich dahinter verbarg.

Es ist alles schnell erzählt. Don Alfredo hatte seine Darbietung auf gewohnte Art und Weise begonnen. Nach dem Vorspiel in der Manege stieg er die Strickleiter hoch, die Trommeln schlugen, die Pauke dröhnte, er sprang, er landete präzis im Bottich – doch dann geschah das Absonderliche, er blieb auf dem Kopf stehen. Gar nicht so lange, zehn Sekunden, elf Sekunden, vielleicht länger, vielleicht kürzer. Unter den vielen Augenzeugen gab es später keine Einigung darüber. Don Alfredo stand immerhin so lange Kopf, dass vereinzelt Applaus einsetzte, möglicherweise von denen, die glaubten, das Kopfstehen gehörte zu der berühmten Darbietung. Die Überzahl des Publikums aber wartete raunend ab, und die vereinzelten Pfiffe sollen hier in ihrer Geschmacklosigkeit nicht näher erörtert werden.

Festzuhalten dagegen ist, Don Alfredos Kopfstand war nicht gerade schön anzusehen. Er wirkte unkontrolliert, seine Beine waren ungleich abgewinkelt und als er dann auch noch mit dem Bottich umfiel und bäuchlings auf dem Manegenboden zu liegen kam, da wurde allen klar, ein schöner Abschluss im Sinne guter alter circensischer Kunst war das nicht.

Dramatisch ging es dann zu, als die Ersten auf die Lache aus Blut aufmerksam wurden. Sie breitete sich träge auf dem Manegenboden aus, hysterisches Geschrei wurde laut, fluchtartige Bewegungen setzten ein und hätte in diesem Moment nicht die Kapelle mit der wundervollen Ouvertüre zur ‚Fledermaus' von Johann Strauss begonnen, wer weiß, zu welcher Panik es gekommen wäre.

Zu erwähnen ist noch, dass der Wagen mit den Kassa-Kabinen sofort von Menschentrauben umlagert wurde. Man wollte sein Geld zurück, blockierte die Rettungswege und der Notarzt hatte es schwer, durchzukommen. Erst später stellte sich heraus, er hätte sich Zeit nehmen können, denn Don Alfredo war längst tot.

Für das Zirkusunternehmen bedeutete sein jähes Ableben natürlich eine Katastrophe. Und dass sich gleich Besserwisser meldeten und ihre neunmalklugen Vermutungen verbreiteten, soll nicht verschwiegen werden.

Was man gesichert herausfand, war eines: Don Alfredo stand zum Zeitpunkt seiner Darbietung unter dem Einfluss von Medikamenten. Sie wurden in seinem Wohnwagen gefunden und erwiesen sich als starke Kopfschmerztabletten. Das war noch nachvollziehbar. Als dann aber auch noch ein Präparat gegen Flugangst gefunden wurde, da löste das, gelinde gesagt, Kopfschütteln aus.

Unterm Strich jedoch konnte man sich bei diesem Sachverhalt noch irgendetwas zusammenreimen. Einem Akrobat, der sich vor jeder Aufführung mit Medikamenten vollstopfen musste, um seine Darbietung zu überstehen, dem sah man allein aus Mitgefühl einiges nach.

Und noch etwas sei erwähnt: Es gab einen recht originellen Hinweis, dass nämlich zu wenig Wasser im Bottich gewesen sein könnte. Der Gedanke hörte sich interessant an, doch hatte er ein entscheidendes Manko: Nichts dergleichen ließ sich beweisen. Denn das aus dem Bottich herausgespritzte Wasser, wieviel es auch gewesen sein mochte, war sofort versickert. Mit anderen Worten, die Angelegenheit war buchstäblich im Sande verlaufen.

Und so bleibt nur übrig, Don Alfredo auch ohne letztes Wissen um seinen Tod zu gedenken. Er wäre heute auf den Tag genau siebenunddreißigeinhalb geworden.

Horst Marsollek

Geschwiegen hat sie

Wie sie schon damit angefangen hat.

Wie sie erst versucht hat, so zu tun, als wäre nichts.

Wie sie dasaß, die Augen auf das Fenster gerichtet, den Mund geschlossen, kein Wort, nichts.

Wie sie mehrmals, als sie wohl glaubte, ich merke es nicht, versucht hat, in meine Richtung zu sehen, indem sie ihren Kopf ein wenig drehte.

Wie sie beobachten wollte, ob ich auch bemerkt hatte, dass sie einfach nur dasaß und den Kopf ein wenig gedreht hatte.

Wie sie ein Mal, als sie möglicherweise dachte, ich hätte ihr Kopfdrehen bemerkt, so tat, als hätte das gar nichts mit mir zu tun gehabt, als wäre ihr Kopfdrehen zufällig in meine Richtung gegangen.

Wie sie, als sie sich derart ertappt fühlte, nachträglich ihrer Kopfbewegung einen anderen Beweggrund zu unterschieben versuchte.

Wie sie anfing, ihren Kopf vier-, fünfmal schnell hin- und herzudrehen, um den Eindruck entstehen zu lassen, sie hätte nur deshalb mit dem Kopfdrehen angefangen, um den Fall ihrer strähnigen langen Haare zu verändern.

Wie sie es also darauf anlegte, mir mit derlei Getue zu zeigen, dass sie mich nicht mehr offen wahrzunehmen gedachte, dass sie es vorzog, banale Spielchen zu treiben, anstatt einfach erkennen zu geben, dass sie meinetwegen den Kopf gedreht hatte.

Wie sie wohl damit auch glaubte, jeder Situation ausweichen zu können, sich zu irgendetwas äußern zu müssen und sei es auch nur durch eine kurze Bejahung oder eine Verneinung oder irgendeinen anderen kurzen Laut, von mir aus auch ein Schimpfwort, nach allem, was passiert war.

Wie sie es heute gegen Mittag fertig brachte, sich so in einen Sessel zu setzen und eine Haltung einzunehmen, dass es aussah, als würde sie im Sitzen schlafen.

Wie ich aber schnell herausfand, dass es ihr keineswegs ums Schlafen ging, sondern einzig und allein darum, mich mit dieser Form von Vortäuschung zu provozieren.

Wie sie kurz nach Zwei versuchte, dieses gespielte Schlafen glaubwürdiger zu schauspielern.

Wie sie dabei einmal richtig einnickte, das heißt, wie ihr die Augen vor offensichtlich wirklicher Ermüdung zufielen und sie in gleichmäßig langen Zügen zu atmen begann.

Wie sie, als ihr das passiert war und sie danach wieder aufwachte, erschreckt zusammenfuhr, als wäre ihr ein unverzeihlicher Fehler unterlaufen, der sie, wie sie sich offenkundig wohl einbildete, in irgendeine Gefahr hätte bringen können.

Wie sie anfing, beim Sitzen ihren Kopf tief zu senken und gesenkt zu halten, wahrscheinlich, um zu verhindern, dass ich weiterhin so einfach erkennen konnte, ob sie die Augen offen oder geschlossen hatte und wenn sie geschlossen waren, ob sie wirklich schlief oder nur so tat.

Wie ich aber trotz dieser gesenkten Kopfhaltung an kleinsten Regungen herausfinden konnte, wie es um ihre Augen stand, ob sie geschlossen waren oder geöffnet und ob ihre Blicke nicht nur geradeaus nach unten auf den Boden gingen, sondern auch seitlich nach rechts oder links, also gezielt dorthin, wo ich jeweils gerade stand oder saß.

Wie sie es geschickt verstand, unter ihren Wimpern und unter ihren dichten Augenbrauen hindurch mich im Blick zu behalten.

Wie sie dabei ihre Pupillen bei angestrengt bewegungslos gehaltenem Kopf gewaltsam bewegen und verdrehen musste und möglicherweise Schmerzen dabei hatte, zumindest liefen ihr einmal Tränen das Gesicht runter, die sie aber nicht wegwischte, sondern laufen ließ, und zwar so lange, dass sie sich am Kinn sammeln konnten und in unregelmäßigen Abständen abtropften.

Wie sie sich, davon bin ich überzeugt, noch nicht einmal dazu hätte bringen lassen, von mir ein Glas Wasser anzunehmen.

Wie sie das mit Sicherheit irgendwie abgelehnt hätte, wahrscheinlich ohne Regung, ohne ein Kopfschütteln oder ein Nicken, ohne mich anzusehen, geschweige denn, ein Wort zu sagen.

Wie sie auch nicht mit der kleinsten Geste, etwa durch Heben oder Senken einer Hand oder eines Fingers oder auch dadurch, dass sie mir wenigstens eine Sekunde lang offen in die Augen sah, dazu zu bringen war, auf mein Bemühen zu reagieren.

Wie sie plötzlich, als ich etwas in meinen Augen wirklich Wichtiges gefragt hatte, vom Sessel aufstand und anfing, die von ihr mindestens schon hundertmal geänderte Aufstellung der Bücher im Regal wieder zu ändern.

Wie sie sich später, als ich sie noch einmal das wirklich Wichtige fragte und sie dabei nicht saß, sondern stand und noch immer die Aufstellung der Bücher änderte, in den nächstbesten Sessel setzte, und zwar so, dass sie wieder, ohne den Kopf zu drehen, auf das Fenster sehen konnte.

Wie sich also zweimal nahezu das Gleiche abspielte, nur in wechselnder Abfolge, je nach der Ausgangssituation, die zufällig bestanden hatte, als ich sie das wirklich Wichtige gefragt hatte.

Wie ich folglich nur auf diese Art und Weise erkennen konnte, dass sie meine wichtige Frage überhaupt wahrgenommen hatte.

Wie also alles, wirklich alles, was ich auch unternahm, zu einem mich verletzenden Misserfolg führte.

Wie ich nun aber zu all dem verhört werden soll, weiß ich nicht, noch nicht einmal, wann und wo das sein wird, zum Beispiel, ob man zuerst sie wegschaffen wird, oder ob man zuerst mich verhört, obwohl doch noch überall an den Wänden und auf dem Boden das Blut von ihr klebt.

Horst Marsollek
Der Walter und dem sein Kompott

Jetzt weiß ich nicht mehr genau, wann das war, wie ich den Walter kennengelernt habe. Ich glaube, das war bei uns in der Sargfabrik. Auf jeden Fall war das in der Zeit, wo das mit den Autos losgegangen ist. Die Mopeds sind damals immer weniger geworden und dann ging das mit den Autos los. Zuerst die Kleinwagen. Da hast du gleich gemerkt, wie alles besser wurde. Weil, im Kleinwagen sind meistens mehr Leute drin, wie auf dem Moped. Und wenn ein Kleinwagen einen Unfall gebaut hat, also richtig um den Baum gewickelt, dann war das ein Volltreffer.

Zwei Mann auf einen Schlag weg. Wenn du Glück hast, auch schon mal drei. Und wenn die gleich ab nach oben waren, also quasi in den Himmel, dann ist der Umsatz in der Fabrik auch nach oben gegangen.

Und später bei den dicken Wagen war alles noch besser. Da waren auch schon mal vier Mann über den Jordan. Und vier hier und vier da, das waren vier Särge hier und vier Särge da. Das hat sich geläppert.

Über 16.000 Verkehrstote hatten die damals. Und heute? Jeder Wagen mit Airbag und überall Kopfkissen. Und die Folge? Nur noch 3.000 Verkehrstote hast du heute, Flaute auf der ganzen Linie. Und dann? Arbeitslos. Der Walter sagt immer: Je weniger Verkehrsopfer du hast, desto mehr Sargschreiner sitzen auf der Straße.

Der Walter hat ja bei uns als einzigster in der Siedlung den Schrebergarten. Mit Bretterbude, wo der drin wohnt. Das darf der eigentlich nicht, das ist verboten. Und warum? Weil, da könnte ja jeder kommen und in einer Bretterbude wohnen. Also, wie gesagt, das geht nicht. Nur der Walter, der muss das. Der hat seine richtige Wohnung untervermietet wegen dem Geld für dem seine ganzen Alimente, die der am Hals hat.

Den Schrebergarten hat der von seinen Eltern. Wenn der den damals nicht sofort geerbt hätte, dann hätte der den nicht mehr erben können, dann wäre der in andere Hände gegangen und dann hätte der später auch nix mehr dran drehen können. Das steht in den Statuten von dem Schrebergarten so drin. Weiß ich jetzt auch nicht so genau, wie das da drin steht.

Also, wie gesagt, der Schrebergarten vom Walter liegt direkt am alten Komposthaufen. Sowas gibt es schon lange nicht mehr, heute ist alles zentral. Heute muss jeder seinen Bio selber sehen, wie er den auf den Zentralhaufen kriegt. Aber dadurch, dass dem Walter sein Schrebergarten direkt am alten Komposthaufen liegt, deshalb ist der auch so wertvoll. Der braucht nicht lange rumkurven, der kann schnell mal eine Schubkarre mit Bio aufladen und dann zack damit auf den Haufen und weg.

Für mich war das mit dem Walter immer praktisch, nämlich, ich hatte in der schlechten Zeit immer zu essen. Obst, Gemüse und alles unbedenklich, hat der Walter gesagt. Der giftige Qualm aus den Fabriken fliegt nämlich oben drüber und weg, sagt der, den kannst du original wegfliegen sehen. Westwind und Ahoi. Und der Mutterboden unten auf der Erde, der kriegt nix davon mit. Das ist so klar, da kannst du Gift drauf nehmen, sagt der Walter.

Eines Tages waren dem Walter seine Obstbäume reif. Und die Rabatten mit dem Gemüse. Die waren so voll, da hättest du die ganze Werksmannschaft mit versorgen können. Bis über den Winter.

Zufälligerweise war das in dem Jahr, wo das mit der Krise von dem Golf war. Das hatte aber direkt nichts mit dem Volkswagen zu tun, das war irgendwie anders. Auf jeden Fall hat die Krise damals angefangen und der Walter mit dem Vorrat. Da war der nicht von abzubringen. Das Problem war nur, der hatte gar kein Platz dafür, weil, unter dem seine Bretterbude ist kein Keller und in dem seine Wohnküche mit Bett schon gar nicht.

Jetzt war aber in unser Fabrik folgendermaßen was im Gange: Die war auftragsmäßig schwer am Trudeln. Mir war das ja klar, zuerst keine richtigen Unfälle mehr wie früher und dann auch noch die ganzen Särge von Drüben. Alles Murks, aber die Leute kaufen die. Billig und weg. Auf jeden Fall, der Walter hat gesagt, das geht nicht lange gut und am Ende war das auch so. Erst hatten wir Insolvenz, dann Rettungsversuche, dann Pleite, dann Schlusspfiff und am Ende Ende, also aus. Zum Glück hatten die aber einen klasse Pleiteverwalter an Land gezogen. Der hat das irgendwie humanitär, also jeder hat noch was bar auf die Hand gekriegt. Zusätzlich Naturalien, und zwar pro Mann ein Sarg, aber nur, wer mindestens fünf Jahre auf Akkord war.

Der Walter kriegt das mit, kommt gleich angerannt und ich renne los in das Lager, weil, pass auf, hab ich zum Walter gesagt, da wird bestimmt gekungelt. Und so war das auch. Ich komme ins Lager, steht da der Prokurist von der Verwaltung zum Aufpassen. Ein richtig schrappiger Hund war das. Zuerst hab ich gedacht, pass auf, das gibt Probleme mit dem, weil, ich war noch an einer Idee am Überlegen und dafür hatte ich drei Särge nötig.

Ich stell mich also vor den Prokurist und fang mit dem Süßholz an zu raspeln, wie man so sagt. Ich sage zu dem, ich bin der und der und ich wäre an dem Vorrat für die Golfkrise zugange und so weiter und so fort.

Und was soll ich sagen? Der Mann springt voll auf das Thema an und gefreut hat der sich, dass mal einer daran am Denken ist, wie alles den Bach runtergeht und da könnte ich mal sehen, wie das geht.

Und dann hat der noch gesagt: Wenn die Fabrik nicht Särge auf Vorrat hätte, dann hätten die keine Särge und dann hätte ich in die Röhre kucken können. Und drei Särge für mich wären für ihn überhaupt kein Problem, er täte das schon irgendwie auf die Reihe kriegen.

Und dann hat der das ganz raffiniert angekurbelt. Der hat gesagt: Du kriegst ein Sarg erste Wahl, Modell Vorgebirge und zwei Särge zweite Wahl, Modell Ausschuss. Die zweite Wahl wäre normalerweise für die Tombola zu Weihnachten gewesen. Die täte aber momentan ausfallen wegen der Pleite und da kämen die zwei Särge bei mir wenigstens noch in gute Hände.

Gut, und das hat dann auch soweit alles geklappt. Das Problem war nur, wie krieg ich die drei Särge in meine Wohnung? Den Walter konnte ich ja nicht fragen, weil, den wollte ich mit was überraschen.

Also hab ich den Luigi angequatscht. Der macht bei uns in der Werksmannschaft den Linksaußen, und mit dem hab ich mich immer gut verstanden. Der hat nämlich gestottert. Erst nur auf Italienisch und wie der besser Deutsch konnte, auch auf Deutsch mit Italienisch durcheinander. Was der geredet hat, konnte keine Sau verstehen. Ich auch nicht, aber ich hab den Luigi immer in Schutz genommen, wenn die gelacht haben. Wie gesagt, und seitdem konnte der mich gut leiden.

Also, ich erzähl dem das mit den drei Särgen und da wollte der gleich mit stottern anfangen. Ich war aber schneller. Der hat nur paar Mal sissi gestottert und am Ende wusste der, wo es mir drum geht.

Nur, an dem Tag, wo das losging, ist der mit seiner ganzen Sippe angerückt. Sechs Mann mit den ihren Frauen und Kindern und drei Bollerwagen. Und alle haben geredet. Ich bin bald verrückt geworden. Auf jeden Fall, wir kommen an der Fabrik an, da steht der Prokurist schon da und ist am Warten.

Wie der den Luigi mit dem seine ganze Sippe sieht, dreht der durch. Ob ich sie noch alle hätte, fragt der mich. Das mit den zwei Särgen zusätzlich wäre vertraulich und die könnte ich nicht so einfach an die große Glocke hängen und, wie gesagt, ob ich sie noch alle hätte.

Aber dann hat der sich wieder eingekriegt.

Wir laden also auf und dann ab durch die Stadt. Einer hinter dem anderen, und die Sippe von dem Luigi hat super geholfen, weil, die Särge sind immer hin- und hergerutscht.

Soweit war ja auch alles klar, bis auf den Moment, wo die Polizei aufgetaucht ist. Die halten die Kelle raus und Stopp. Und dann sagt der Eine von denen, was das denn geben täte, wenn das mal fertig ist und ob wir eine Genehmigung hätten.

Ich frage den: Wofür denn Genehmigung?

Sagt der: Das wäre ein Konvoi und so ginge das nicht, wir täten den ganzen Verkehr aufhalten und überhaupt, zum Friedhof ginge das andersrum, also total andere Richtung.

Ich sage dem, stimmt nicht, hab ich zu dem gesagt, nix Friedhof, die Särge sind quasi Leergut für den Eigenbedarf, und zwar für meinen Freund Walter zum Geburtstag. Und die hätte ich von meiner Fabrik gekriegt wegen fünf Jahre auf Akkord.

Jetzt wurde der Wachtmeister auf einmal hellhörig. Der kuckt mich lange an und dann musste ich dem meine Papiere abgeben mit dem Zettel von dem Prokurist, wo der das mit den drei Särgen draufgeschrieben hat.

Also kurz und gut, der Wachtmeister und dem sein Kollege haben erst den Kopf geschüttelt, aber am Ende haben die sich mit dem ihren Wagen vor uns gesetzt und sind langsam los bis zu mir, wo ich immer wohne.

Gut, und dann ist die Sache folgendermaßen weitergegangen: Zwei Tage später war bei uns in der BILD-Zeitung ein Foto, wie wir der Polizei mit den drei Bollerwagen und den Särgen hinterherlaufen. Ich ganz groß auf dem Foto. Der Walter erkennt mich, kommt zu mir gelaufen und da hab ich dem alles erzählt. Nämlich, dass der sein Eingemachtes bei mir in der Wohnung unterstellen kann. Als Geschenk zum Geburtstag, weil, dann hätte er wieder mehr Platz in seiner Bude zum überall Hintreten.

Wie der das hört, fängt der sich voll an zu freuen, das konntest du in dem sein Gesicht sehen.

Jetzt wollte der aber noch wissen, was genau ich denn mit den Särgen am Hut hätte. Und da hab ich dem gesagt, das wäre ja grade die Überraschung, aber wenn er Bock hätte zum Helfen, dann OK.

So, und auf die Tour hab ich dann mit dem Walter die drei Särge fertiggemacht, und zwar als Kompottregal. Genau, wie ich mir das im Kopf überlegt hab. Also Sargdeckel ab, an die Wand gestellt, Unterteile daneben, Wasserwaage, alles genau hochkant, Dübel in die Wand, Zwischenböden rein, Abstand 20 Zentimeter, fertig.

Das hat dann soweit auch wieder alles geklappt, und genau an dem Walter sein Geburtstag haben wir eingeräumt. Über 200 Gläser Kompott sind da reingegangen.

Und wie das ausgesehen hat! An der Wand in meiner Wohnküche war sowieso noch nie was gewesen, außer die alte Tapete von früher. Die von vor dem Wasserschaden. Und jetzt auf einmal alles nagelneu möbliert und dazu das Kompott.

Aber das Optimalste hatte der Walter, nämlich dem seine Bude wieder voll Bewegungsfreiheit.

Nur den Selbstgebrannten, den der immer schwarz brennt, den hat er bei sich behalten. Da war aber nicht mehr viel davon da, nur das, was noch da war, wie dem sein Geburtstag am Ende war.

Auf jeden Fall, der Walter hat gesagt, das mit dem Kompottregal wäre total optimal, das täte er sein Lebtag nicht mehr vergessen.

Und bedankt hat der sich bei mir mindestens zig Mal.

Maria Uleer
Du musst dich um nichts kümmern

Das Essen auf Rädern, das ihr seit einem halben Jahr geliefert wurde, war heute wieder ziemlich fad. Aber es lohnte nicht, sich darüber aufzuregen; sie konnte es nicht ändern. Morgen würde es Rouladen geben, übermorgen Schnitzel, am Freitag Kabeljau, alles gut durchgebraten, damit keine Gefahr für Magen und Darm bestand. Sie bestellte, ohne lange nachzudenken, denn das Essen war ihr nicht mehr wichtig, seitdem sie es nicht mehr selbst zubereitete.

Das wenige Geschirr war schnell gespült und eingeräumt, die Tischplatte feucht gewischt, obwohl kein Grund dafür vorhanden war, aber die Reihenfolge dieser Handgriffe war ihr so in Fleisch und Blut übergegangen, dass sie keinen ausließ. Sie schaute sich um und seufzte. Es gab nichts mehr zu tun. Ein Blick auf die Uhr sagte ihr: Viertel nach zwölf. Zu früh, um sich hinzulegen. Also setzte sie sich ans Fenster und sah in den Garten, den ihr Sohn Peter im letzten Sommer umgestaltet hatte. „Pflegeleicht", hatte er stolz gesagt. Keine Blumen mehr, sondern nur noch Rasen, den er jeden zweiten Freitag nach Dienstschluss mähte.

Mittwochs schaute ihre Tochter Brigitte vorbei, brachte die Wäsche aus der Reinigung mit, überprüfte, ob im Haushalt etwas fehlte, und stellte den viel zu üppigen Blumenstrauß in eine Vase. „Kind, was der jedes Mal kostet!", hatte sie einmal kopfschüttelnd zu ihrer Tochter gesagt. Aber da hatte Brigitte nur lässig gemeint: „Mami, für dich ist uns nichts zu teuer. Hauptsache, dir fehlt es an nichts. Du brauchst dich um nichts zu kümmern." Dann hatte sie wie immer hastig einen Kaffee getrunken und sich verabschiedet. Brigitte hatte Recht. Ihr fehlte es an nichts. Alles wurde ihr abgenommen. Sie musste froh und dankbar sein.

Als die Zeiger der Uhr sich der eins näherten, stellte sie das Radio ab, das Peter ihr geschenkt hatte – „damit du etwas Unterhaltung in der Küche hast, Mami" –, ging ins Schlafzimmer, zog die Strickjacke aus und legte sich aufs Bett. Sie deckte nur eine Wolldecke über die Füße, denn es konnte ja sein, dass überraschend eins der Kinder während der Mittagspause vorbeikam, und da wollte sie vorbereitet sein. Bis jetzt hatte sie ihre Tochter allerdings erst einmal zu dieser Zeit gesehen. Das war an dem Tag gewesen, an dem sie beim Spaziergang gestürzt war und sich den Arm gebrochen hatte. Da war Brigitte sofort zur Stelle gewesen und hatte alles Notwendige veranlasst. Seitdem bestand ihre Tochter darauf, dass sie nicht ohne Stock das Haus verließ, obwohl sie sich durch dieses lästige Hilfsmittel eher verunsichert fühlte.

Vier Uhr. Zeit für den täglichen Spaziergang zu ihrer kleinen Bank mit dem Blick auf den Schlossberg. Unwillig nahm sie ihren Stock und ging die Birkenallee entlang, wich den Joggern und den Hunden aus und beobachtete ohne große Neugier die jungen Mütter, die mit ihren Kindern zum neu angelegten Spielplatz gingen. Niemand grüßte sie. Niemand beachtete sie. Im Alter war man für die Umwelt wohl nicht mehr wichtig genug, um wahrgenommen zu werden.

Mit Beruhigung stellte sie fest, dass ihre Bank leer war, so dass sie ohne Scham eine Thermounterlage – Geschenk von Peter – auf die Sitzfläche legen konnte. Dann zog sie Stock und Handtasche neben sich, legte die Hände in den Schoß und schaute bewegungslos zum Schlossberg. Es war jeden Tag das gleiche Bild. Die Straße, die nahe an ihrer Bank vorbeiführte, schlängelte sich kurvenreich den Berg hinauf zur Ruine. Nur hin und wieder brachte ein Auto Unruhe in das Bild. Die meisten Fußgänger bevorzugten den ungepflasterten Weg durch den Wald, so dass nur von weitem menschliche Stimmen zu vernehmen waren. Allerdings drang seit einiger Zeit das Lachen und Rufen vom Spielplatz zu ihr herüber.

Ein unbekanntes Geräusch ließ sie aufhorchen. Ein kleiner Junge, vielleicht vier, höchstens fünf Jahre alt, kam mit seinem Fahrrädchen aus dem Wald heraus. Er hatte augenscheinlich die Orientierung verloren, denn er schaute sich suchend um. Als er sie auf der anderen Straßenseite auf der Bank sitzen sah, hellte sich sein Blick auf, und er schob sein Rad entschlossen vor bis an die leichte Böschung.

Sie erfasste die Situation blitzschnell. Von oben kam wie jeden Dienstag um diese Zeit die Kehrmaschine der Straßenreinigung. Der Junge musste sich beeilen, wenn er vor dem Auto die Straße überqueren wollte. Sie musste ihn warnen, musste ihn zum Warten auffordern. Aber sie blieb sitzen und schaute nur gebannt zu ihm hinüber. Was würde er tun?

Der Junge schiebt sein Rädchen die Böschung hinunter an den Straßenrand, steigt auf und fährt unsicher wackelnd los, verliert das Gleichgewicht und stürzt zu Boden. Laut jammernd bleibt er liegen, das Rad über seinen Beinen. Die Kehrmaschine kommt um die Kurve. Würde der Fahrer den Jungen sehen und früh genug bremsen können? Warum rennt sie nicht los, stellt sich mit den Händen fuchtelnd mitten auf die Straße, reißt den Jungen auf die Seite? Stattdessen nimmt sie bewegungslos die Situation wahr, als sei sie nicht beteiligt. Weit weg. Ein Film. Sie muss sich doch um nichts kümmern.

Die Kehrmaschine kommt mit einem Knirschen zum Stillstand. Der Fahrer steigt aus, nimmt den Jungen auf den Arm und trägt ihn zu ihr. „Ist das Ihr Enkel?" ruft er erregt. Sie sagt nichts. „Das wäre um ein Haar schief gegangen. Warum passen Sie denn nicht auf das Kind auf?" Als sie immer noch nichts antwortet, schreit er erbost: „Ist das zu viel verlangt von Euch Alten?" Dann legt er das Fahrrad an den Straßenrand und steigt kopfschüttelnd in seinen Wagen.

Sie hört eine Frauenstimme: „Jonas, wo bist du?" Und kurz darauf an sie gewandt: „Danke, dass Sie sich um ihn gekümmert haben."

Als Mutter und Sohn sich verabschiedet haben, schaut sie ihnen nach, bis sie um die Straßenbiegung verschwunden sind. Dann steht sie auf und wirft den Stock und die Thermounterlage in den Mülleimer neben ihrer Bank. Morgen wird sie das Essen auf Rädern abbestellen und in der Gärtnerei jemanden beauftragen, die Blumenbeete in ihrem Garten wieder herzustellen.

Maria Uleer

Lesung mit Tiger

Beschwingt holte ich zwei Rotweingläser aus dem Schrank und stellte sie auf den Tisch. Es ging eindeutig aufwärts. Ich hatte ein verlockendes Angebot bekommen, und das musste gebührend begossen werden, auch wenn meine Frau immer wieder versuchte, mich auf den Boden der Tatsachen zurückzuholen. „Stell dir nicht zu viel darunter vor, es ist eine Klasse mit 25 Schülern, vor denen du lesen sollst, und nicht ein Auditorium von Erwachsenen."

„Gerade darin liegt die Herausforderung", widersprach ich vehement. „Vor Erwachsenen kann jeder lesen, aber junge Leute für Literatur begeistern, das ist eine Aufgabe, bei der man sich voll einbringen muss."

„Oh je", stöhnte meine Frau auf. „Du hast keine Ahnung von Schülern einer achten Klasse. Sobald du nicht in ihre Richtung schaust, spielen sie mit ihrem Handy oder unterhalten sich ungeniert mit dem Nachbarn."

„Umso mehr werde ich mich ins Zeug legen. Du wirst sehen, mit meinen Geschichten werde ich sie so in Bann schlagen, dass sie an nichts anderes mehr denken." Ich redete mich immer mehr in Begeisterung und verstand nicht, warum meine Frau mich so skeptisch ansah. Schließlich war sie es gewesen, die mit der Frage nach Hause gekommen war, ob ich in einer Deutschstunde ihres Kollegen nicht mal etwas aus meinen Kurzgeschichten vorlesen könne. Herr Etzel, der Deutschlehrer, habe gemeint, ein echter Schriftsteller, der aus seinem eigenen Werk vortrage, das sei doch mal etwas anderes. Ein echter Schriftsteller — ich wiederholte mir den Ausdruck ein paar Mal genüsslich —, das klang wunderbar. Was spielte es für eine Rolle, dass meine Kurzgeschichten und mein unvollendetes Romanmanuskript immer noch in säuberlich nummerierten Aktenordnern vor sich hindämmerten? Wenn die Verlage die Besonderheit meines Stils nicht zu schätzen wussten, mein Abweichen von ausgetretenen Pfaden als überbordende Phantasie abtaten, dann war ihnen nicht zu helfen.

„Was willst du denn lesen?", fragte meine Frau. „Du darfst die Schüler nicht überfordern. Vielleicht solltest du Herrn Etzel fragen, welcher Stoff dieses Jahr auf seinem Lehrplan steht."

„Das lass nur meine Sorge sein. Ich werde sie alle überraschen", sagte ich voller Vorfreude auf mich selbst und genehmigte mir einen ausgiebigen Schluck. „Wirst du mich im Lehrerzimmer deinen Kollegen vorstellen?"

Meine Frau zuckte zusammen. „Im Lehrerzimmer? Auf keinen Fall. Da sitzt Herr Abeler, und ich möchte nicht, dass du ihm begegnest."

Manchmal ist meine Frau unerklärlich streng mit mir. Herr Abeler ist ihr Direktor und ich weiß gar nicht, warum sie so eine Angst davor hat, dass ich ihm über den Weg laufe. Ich gebe zu, ich hatte diese kleine Auseinandersetzung mit ihm in unserem Hause. Es ging um Literatur, bei der er sich leider nicht so gut auskannte wie ich. Aber die Sache ist längst vergessen.

Die ganze Nacht wälzte ich meine Ordner mit den Kurzgeschichten, entschied mich erst für ein Familiendrama, dann für ein Liebesabenteuer, letztendlich aber für eine Tiergeschichte. Damit war ich auf jeden Fall auf der sicheren Seite, denn Vierzehnjährige waren vielleicht mit den Irrwegen des Lebens noch nicht so ganz vertraut, während Erlebnisse mit Tieren zu Erfahrungen jedweden Alters gehörten.

Als meine Frau mittags vom Unterricht nach Hause kam, sagte sie wie nebenbei: „Der Wildner will übrigens auch mit seiner Klasse zu deiner Lesung kommen."

„Na siehst du, die Schüler sind doch wissbegieriger, als du denkst", triumphierte ich.

„Mach dir keine Illusionen. Der Wildner hängt sich nur an, weil er es dann eine Stunde lang bequem hat." Meine Frau warf ihre Schultasche auf die Bank. „Das sind dann fast 60 Schüler, die vor dir sitzen. Ihr müsst deshalb in die Aula ausweichen. Aber du wirst das schon schaffen." Sehr überzeugt klang das nicht. „Und zum Schluss wollen einige Mitarbeiter der Schülerzeitung noch Fragen zu deiner Person stellen."

„Ich bin bereit", sagte ich und dachte an die Interviews mit bekannten Schriftstellern, die unser Nachbar bei seiner morgendlichen Lektüre der Tageszeitung für mich sammelte.

Meine Frau brachte mich pünktlich zur Aula, wo Herr Etzel und Herr Wildner schon auf mich warteten, so dass ich nicht einmal mehr Zeit fand, meine Frisur und den Sitz meines neuen Jacketts zu kontrollieren. Die beiden Herren begrüßten mich mit angemessenem Respekt und geleiteten mich wie einen Filmstar in die Halle, Herr Etzel voran, Herr Wildner mit kurzem Abstand hinter mir. Der Lärm, der uns empfing, legte sich, als ich mit Herrn Etzel die Bühne betrat. Ja, so musste es sein. Alle Augen auf mich gerichtet. Was für ein Gefühl! All diese erwartungsvollen Gesichter. Da unten saß keine unbekannte Schülermasse, nein, da unten saßen Freunde, junge Menschen, die nur darauf warteten, vom Geist der Literatur gestreift zu werden.

„Freunde", rief ich deshalb in den Saal und winkte den Schülern freudig erregt zu. Ein begeistertes Klatschen und Pfeifen, wie man es von Fernsehshows kennt, war die Antwort. Herr Etzel hob beschwichtigend die Hände, bis endlich wieder Ruhe eingekehrt war. Dann begann er mit bedeutungsvoller Stimme: „Ihr wisst, dass ihr heute eine besondere Schulstunde erlebt. Unser Schriftsteller Herr Rogalla wird euch aus seinem Werk vorlesen und sich danach euren Fragen stellen. Ich bitte euch deshalb um absolute Ruhe, damit alle unseren Autor verstehen." Damit verließ er die Bühne und setzte sich in eine der hinteren Reihen.

Ich legte mein Manuskript auf das Tischchen, setzte die Brille auf und schaute noch einmal in die Menge. Schade, dass drei Viertel des Saals leer war. Warum hatte man nicht weitere Klassen eingeladen? Aber darüber würde nach der Veranstaltung zu reden sein. Ich musste mich jetzt auf meinen Text konzentrieren und durfte dabei auf keinen Fall den Kontakt zu meinen Zuhörern verlieren. Sollte ich die Schüler siezen oder duzen? Herr Etzel hatte sie geduzt. Ich würde sie siezen und sie damit als fast Erwachsene behandeln und gleichzeitig die Besonderheit der Stunde unterstreichen. Außerdem sahen die Mädchen ohnehin nicht wie 14-jährige aus, eher wie 18-jährige.

„Meine Freunde", wiederholte ich mit einer etwas tieferen Stimme. „Ich lese Ihnen heute einen Text vor, der an einem Ihnen allen bekannten Ort spielt, nämlich im Zoo." Leises aber unüberhörbares Kichern und Lachen. Irgendjemand stimmte das Karnevalslied „Enne Besuch em Zoo" an. Ich hatte offensichtlich das richtige Thema ausgesucht.

„Es handelt sich um einen Mann, der eines Tages in ein wildes Tier verwandelt wird." Das Lachen wurde lauter. Dazwischen fauchten ein paar Jungen wie ein Raubtier: „Grrr, grrr." Vielleicht sollte ich direkt mit der Lesung anfangen, bevor ich lange Erläuterungen gab. Der tiefere Sinn der Verwandlung würde ihnen auch ohne meine Hinweise einleuchten. Also begann ich zu lesen: „Als Hermann Haller eines Morgens aus unruhigen Träumen aufwachte, stellte er fest, dass er ein Tiger war."

„Aha, ein Tiger", tönte es aus dem Zuschauerraum. „Hermann? Krass." „Warum kein Löwe?"

Erstaunt hielt ich inne. Mit diesen Zwischenrufen hatte ich nicht gerechnet. Zugegeben, mein Anfangssatz war in gewisser Weise bei Kafka abgekupfert, aber konnte ich ahnen, dass Achtklässler sich schon so gut mit dem Werk Kafkas auskannten? Jedenfalls schienen sie das Plagiat sofort bemerkt zu haben.

„Ich sehe, Sie kennen sich aus in der Literatur", rief ich anerkennend in den Saal.

Zustimmendes: „Klar doch. Was denken Sie denn?"

„Ruhe!", rief Herr Etzel von hinten. Herr Wildner schien am Geschehen nicht interessiert zu sein, denn es war von der Bühne aus deutlich zu sehen, dass er eine Zeitung auf den Knien ausgebreitet hatte. Ich las schnell weiter, übersprang die Beschreibung des Schlafzimmers – obwohl diese mir besonders gelungen erschien –, und war gerade an der Stelle angelangt, als die Familie den verwandelten Hermann in den Zoo einliefern lassen will, als mir ein Papierkügelchen ans Ohr flog. „Au", rief ich. „Grrr", zischte es zurück. Irgendwie hatte ich mir das Interesse an meinem Text anders vorgestellt. Nicht ganz so lebhaft.

Herr Etzel mahnte noch einmal: „Ruhe." Ein paar Schüler beschäftigten sich daraufhin mit ihrem Handy.

Als Hermann sich sträubt, seinen Käfig zu verlassen und zu den anderen Tigern ins Gehege zu laufen, war im Saal nur noch leises Gemurmel zu hören. Das Schicksal des Mannes bewegte anscheinend die jungen Leute. Das hatte etwas Tröstliches und trieb mich in meiner Lesekunst zu Höchstleistungen an. Ich senkte und hob meine Stimme, ließ den Tiger fauchen und die Wärter des Zoos schimpfen, bis plötzlich ein seltsamer Gegenstand gegen meine Stirn schlug, platzte und sich eine gelbbraune Flüssigkeit über mich ergoss, die es mir unmöglich machte weiterzulesen. Farbe lief in Streifen Gesicht und Hals hinunter über mein Hemd. Ich war wie betäubt. Was hatte das zu bedeuten? Halbblind tastete ich nach einem Taschentuch, aber natürlich waren die Taschen des neuen Jacketts noch zugenäht. Also versuchte ich, so gut es ging, mit der Hand die Farbe aus dem Gesicht zu wischen, machte aber wohl alles nur noch schlimmer, denn ein Schüler rief: „Jetzt sieht er selbst aus wie ein Tiger." Johlendes Gelächter. Pfiffe. Umkippende Stühle. Ein Blitzlichtgewitter von hochgehaltenen Handys.

In dem Moment öffnete sich die Tür und der Direktor betrat den Raum. Er blieb wie angewurzelt stehen, als er mein farbverschmiertes Hemd und Gesicht sah und fragte drohend in den Saal hinein: „Was ist denn hier los?" Sofort trat Stille ein. Herr Etzel und Herr Wildner sprangen auf und setzten zu einer Erklärung an, aber ein Mädchen aus der ersten Reihe kam ihnen zuvor und sagte in festem Ton: „Herr Rogalla liest eine Geschichte von einem Mann vor, der sich plötzlich in einen Tiger verwandelt, und jetzt hat er" – sie stockte einen Augenblick –, „also der Herr Rogalla hat gerade versucht, mit der gelben Farbe die Verwandlung für uns anschaulicher zu machen."

Ich umklammerte die Stuhllehne. Es war kein Laut zu hören. Herr Etzel und Herr Wildner schienen zur Salzsäule erstarrt zu sein. Die Schüler schauten gebannt auf mich, als warteten sie auf irgendetwas Ungehörtes, etwas umwerfend Geistvolles von mir. Ungläubig fasste der Direktor sich an den Kopf: „Stimmt das, Herr Rogalla?" Ich war unfähig ein Wort zu sagen; es kam nur ein unverständlicher Laut aus meinem Mund, der sich wie ein gefauchtes „Grrr" anhörte.

Maria Uleer
Mamas Bübchen

Die Müslidose in den Schrank zurückstellen, Quark und Marmelade in den Kühlschrank, Besteck und Geschirr ins Waschbecken. Jeden Morgen die gleichen Handgriffe. Nur die Kaffeetasse bleibt auf der Arbeitsplatte stehen, denn die benutze ich um elf Uhr noch einmal. Wenn der Küchentisch feucht abgewischt ist, kann der beste Teil des Morgens beginnen, die Zeitungslektüre. Genüsslich klappe ich den Generalanzeiger auf und beginne – wie immer – mit der letzten Seite. Was interessiert mich die große Politik oder die Wirtschaft. Da wird doch sowieso nur über uns bestimmt, egal, wen wir gewählt haben. Die Sportnachrichten werden gleich mit dem Anzeigenteil aussortiert. Bleibt ein handlicher Rest an Seiten.
Heute bin ich allerdings nicht ganz bei der Sache, als ich über lokale Ereignisse wie Überfall auf zwei Rentner, verregnetes Stadtfest, Kaufhausabriss oder Hochzeiten und Scheidungen Prominenter lese, denn heute ist

113

Mittwoch. Mittwoch. Der Name lässt mein Herz höher schlagen, denn mittwochs gibt es mindestens eineinhalb Seiten Todesanzeigen im Generalanzeiger. Samstags natürlich auch, aber da bin ich immer ein bisschen gestresst wegen des Wochenendeinkaufs.

Ich zwinge mich jedes Mal, diese Seiten als Letztes zu lesen, als Höhepunkt sozusagen, spüre, wie allmählich der Adrenalinspiegel steigt, bis es endlich so weit ist. Zwei ganze Seiten heute. Da müsste doch jemand dabei sein, den ich kenne. Natürlich darf es nur jemand sein, der mir nicht nahe steht, also kein Verwandter oder Freund. Wobei der Kreis meiner Freunde zugegebenermaßen eher klein ist, sehr klein; ehrlich gestanden habe ich fast nur Bekannte, denn ich lasse ja niemanden näher an mich ran, sagt Frau Geiger, meine ehemalige Chefin. Sie meint, dass ich deshalb auch nie verheiratet war. Aber sich einfach so fallen lassen, sich dem andern ganz anvertrauen, das ist nicht mein Ding. Nein, da will ich lieber allein bleiben.

Ich wische ein paar Brotkrümel weg, die mir beim Abräumen entgangen sind.

Wie in fast allen Dingen habe ich auch beim Lesen der Todesanzeigen mein System. Zuerst einmal die Namen überfliegen. Aufatmen, wenn niemand dabei ist, um den es einem Leid täte. Gleichzeitig eine leise Enttäuschung, wenn gar kein bekannter Name auftaucht. Dann die Anzeigen genauer studieren, verheiratet, verwitwet oder geschieden, Geburtsort, Geburtsjahr. Noch waren die meisten Verstorbenen älter als ich, aber der Abstand verringert sich. Nicht dass mir das Angst macht, aber irgendwie hat es doch etwas Beunruhigendes. Deshalb lese ich dann schnell die mehr oder weniger geistreichen

Sprüche, die die Verwandten oben in die Anzeige setzen. Und darunter, dass der Verstorbene stets ein guter Vater, Sohn, Bruder, Schwager war. Das hat etwas Tröstliches, auch wenn es meistens gelogen ist, denn sonst müsste es doch unter den Lebenden viel mehr gute Menschen geben.

Heute gibt es nur Anzeigen mittlerer und kleiner Größe. Schnell habe ich die erste Seite überflogen, als ich stutze und meine Augen zurückwandern lasse. Den Namen kenne ich doch. Walter Beyer. Ich spüre einen leichten Stich. Unser Herr Beyer, unser Mann für alles, wie Frau Geiger stets sagte! Der war also auch schon 66 und im Ruhestand. Das hätte ich nicht gedacht. Er sah immer so frisch und rosig aus und war so schüchtern, dass die Mitarbeiter in der Firma ihn nur Mamas Bübchen nannten und sich über ihn lustig machten. Aber das ist schon eine Weile her. Schließlich bin ich schon vor ein paar Jahren ausgeschieden, weil mir die Arbeit über den Kopf wuchs, die Kollegen mir nichts abnahmen, sondern mich einfach auflaufen ließen, bis ich schließlich kündigte. Ich bettele doch nicht um deren Unterstützung.

Nun hat es also den Walter Beyer erwischt. Ich mochte ihn nicht besonders. Nicht weil er unfreundlich war, sondern weil er alles mit sich machen ließ. Kaffeekochen, Computer reparieren, Pizza holen, Glühbirnen auswechseln. Die Kollegen winkten, und er sprang. Wie kann man so ein Schaf sein! Er redete nie über seine Familie, so dass ich auch jetzt mit den Namen, die unter der Anzeige stehen, nichts anfangen kann. Werden wohl seine Geschwister sein: Felicitas Mohr, geb. Beyer, Ingeborg Henseler, geb. Beyer. Vielleicht sollte ich zur

Beerdigung gehen, denn irgendwie tut es mir doch leid, dass ich ihn behandelt habe, als sei er gar nicht vorhanden. Wo wird er beerdigt? Ach, in Bornheim. Fahre ich mit dem Auto oder mit der Straßenbahn hin?

Mein Auto springt nicht an, als ich mich im schwarzen Kostüm auf den Weg machen will. Als ich endlich die Friedhofskapelle betrete, lädt der Pfarrer gerade alle Anwesenden nach dem Friedhofsgang in den Gasthof Schlüter ein. Schade, nun habe ich nicht mitbekommen, was er Gutes über „Mamas Bübchen" gesagt hat. So bleibt mir nur, meinen Blick über die große Trauergemeinde schweifen zu lassen, um zu sehen, wer von den ehemaligen Mitarbeitern gekommen ist.

Zwei Reihen vor mir sitzt Herr Mahler, unser Prokurist. Gott, ist der alt geworden. Ist vielleicht auch schon pensioniert und hat deshalb Zeit, auf Beerdigungen zu gehen. Außerdem wohnt er in Bornheim; da hat er es nicht weit zum Friedhof. Außer ihm sehe ich niemanden von den alten Arbeitskollegen. Aber so ist es eben. Kaum hat man die Firma verlassen, ist man nicht mehr wichtig. Ich beschließe, mit in den Gasthof zu gehen, denn nur Herr Mahler als ehemaliger Mitarbeiter, das ist doch etwas beschämend im Vergleich zu den vielen anderen Trauergästen. Und ich werde auch deutlich zum Ausdruck bringen, dass ich den Toten sehr geschätzt habe.

Im Gasthof begrüße ich im Gedränge Herrn Mahler und erfahre, dass er tatsächlich vor kurzem pensioniert wurde. Ich will mich gerade erkundigen, ob er Neues aus der Firma weiß, da nimmt mich eine der beiden Frauen, denen ich am Grabe mein Beileid ausgesprochen und mich als Arbeitskollegin des Toten vorgestellt habe, am

Arm und führt mich an ihren Tisch. Mahler steuert auf eine entfernte Gruppe zu, die er gut zu kennen scheint.

„Ich bin Felicitas Mohr, Walters jüngere Schwester, und ich freue mich besonders, Sie endlich kennen zu lernen", sagt die Frau neben mir. „Walter hat viel von Ihnen erzählt. Er hätte Sie uns längst vorstellen sollen, wir hätten doch nichts gegen eine Verbindung einzuwenden gehabt. Wir sind schließlich nicht von gestern." Die Frau auf meiner Rechten nickt. „Ingeborg Henseler, ich bin auch eine Schwester." Hatte ich doch richtig geraten, dass es die Namen der Geschwister auf der Anzeige waren. Aber was meinten sie damit, dass sie „nichts gegen eine Verbindung einzuwenden" gehabt hätten?

„Walter war immer so zurückhaltend", fährt Felicitas fort. „Er hat von Ihnen geschwärmt, aber er hätte sich nie getraut, es Ihnen zu sagen." Walter Beyer, Mamas Bübchen, hat von mir geschwärmt? Und ich habe es nicht bemerkt? Nun ja, wenn ich es recht bedenke, sah ich ja nicht schlecht aus, bevor sich der Ärger in der Firma auch in meinem Gesicht bemerkbar machte. Aber dass er bei seinen Schwestern von mir geschwärmt hat …

„Ich wusste sofort, dass Sie es sind, als Sie sagten, Sie seien eine Arbeitskollegin gewesen." Ingeborg mustert mich. „Nicht eine, sondern die Arbeitskollegin", wirft der Mann neben ihr süffisant ein. „Die Betonung liegt auf die." „Mein Mann", sagt Ingeborg entschuldigend und zeigt auf ihren wohlbeleibten Nachbarn.

„Wir hätten Sie gern früher kennen gelernt, aber Walter wollte nicht. ‚Sie hat zu viel durchgemacht, da hat sie keine Lust auf neugierige Fragen von euch', war seine

Begründung." Felicitas schenkt mir einen mitfühlenden Blick, hinter dem sich eine ordentliche Portion Neugier verbirgt. Ich lächele ein wenig hilflos, bin in Gedanken bei Walter, der sich mir in einem ganz neuen Licht darstellt. Dass er so sensibel war und gemerkt hat, dass ich in der Firma einen unerträglichen Stress hatte! Und ich habe ihn verachtet, ich dumme Kuh. Frau Geiger hatte wohl Recht, als sie mir vorwarf, ich lasse niemanden näher an mich ran.

Felicitas lässt nicht locker: „Wir sind alle froh, dass es Sie gab, nach dem ganzen Ärger mit seiner Frau. Er hat nur in den höchsten Tönen von Ihnen geredet. Aber Ingeborg und mir war klar, dass da mehr dahinter steckte." „Ihr Frauen mit eurer Neugier", sagt Ingeborgs Ehemann warnend.

Ich höre nicht mehr zu. Ein angenehmes Gefühl breitet sich in mir aus. Da mag mich jemand gern und ich habe keine Ahnung. Oder doch? Ich glaube, ich weiß, warum es mir einen leichten Stich versetzt hat, als ich die Anzeige sah. Das war nicht das übliche zwiespältige Gefühl, das mich überkommt, wenn ich einen bekannten Namen lese: ein Gefühl zwischen Anteilnahme und verstecktem Sensationshunger. Bei Walter war es etwas anders. Ich bin mir sicher, da meldete sich etwas Verborgenes.

Meine Augen füllen sich mit Tränen. Felicitas legt ihre Hand auf meinen Arm. „Ich glaube, es ist besser, wenn ich gehe", sage ich mit heiserer Stimme und nehme meine Tasche. Ingeborgs Ehemann sieht seine Frau tadelnd an: „Seht ihr, das habt ihr jetzt davon." „Bitte melden Sie sich bei uns", ruft eine der beiden Frauen hinter mir her, als ich davonstürze und halbblind zum

118

Ausgang stolpere. Notgedrungen muss ich an Herrn Mahlers Tisch vorbei. Er erhebt sich, hält mir die Hand hin und sagt entschuldigend: „Das nächste Mal haben wir hoffentlich mehr Zeit uns zu unterhalten. Aber Sie verstehen, der Walter war mein Nachbar, und ich musste mich hier zu den anderen Nachbarn setzen. Woher kannten Sie ihn denn?" Ich höre nicht zu. Was interessiert mich, warum Herr Mahler an diesem Tisch sitzt und nicht woanders. Und was sollte die dumme Frage, woher ich den Toten kannte. In mir toben andere Gefühle, Gefühle, die ganz neu für mich sind. Ich haste zum Auto, finde in der Aufregung den Schlüssel nicht und leere den Inhalt meiner Tasche auf die Motorhaube: Papiertaschentücher, Kamm, Portemonnaie, Ausweispapiere, der Totenzettel, der am Ausgang der Friedhofskapelle verteilt wurde. Ich stutze, als ich den Zettel sehe. Wer ist der Mann, der mir von dem Foto entgegensieht? Ich wische mir die verheulten Augen, starre auf das Papier, beuge mich ganz nah über das Foto; aber es nützt nichts. So sehr kann ein Gesicht sich nicht verändern.

Rosemarie Pfirschke
Das Mädchen von der letzten Bank

Zögernd betritt sie das Foyer des Restaurants. Vor dem Spiegel bleibt sie stehen und wirft einen prüfenden Blick auf die große hagere Frau mit dem kurzgeschnittenen grauen Haar und dem schmalen Gesicht, in das sich viele kleine Falten um Mund und Augen eingegraben haben. Sie zupft die weiße Bluse unter der blauen

Kostümjacke zurecht und lenkt dann ihre Schritte in die Richtung, aus der Stimmengewirr und Lachen ertönen. In dem Raum mit dem festlich gedeckten Tisch stehen sie in Gruppen zusammen, ältere Frauen, die vor langer Zeit die Schulbank mit ihr gedrückt haben. Aus der Menge löst sich eine Walküre im eleganten Hosenanzug, das üppige Haar in leuchtendem Kastanienrot und kommt auf sie zu. Eine mit Brillanten geschmückte Hand streckt sich ihr entgegen. „Schön, dass du gekommen bist." In dem stark geschminkten Gesicht, das sich ihr nähert, erkennt sie die ehemalige Klassensprecherin, dieses selbstbewusste Mädchen aus gutem Haus, das immer im Mittelpunkt stand und um dessen Gunst sich viele ihrer Mitschülerinnen bemüht hatten. „Du bist die ...?" Ihrer unvollendeten Frage schickt die Walküre ein kurzes Lachen hinterher. „Ich bin die Elsbeth, Elsbeth Schmidtbach", antwortet sie leise. „Und du musst Christiane Schubert sein." „Richtig geraten", sagt ihr Gegenüber und verkündet dann laut: „Mädels, seht mal her, Elsbeth ist gekommen." Alle schauen in ihre Richtung.

In den erstaunten Blicken ihrer ehemaligen Mitschülerinnen, die sie nun begrüßen, kann sie lesen, dass sich niemand an sie erinnert. „In der letzten Bank habe ich gesessen, neben Ilse", versucht sie zu erklären. Eine der Frauen dreht sich zu ihr um. „Ilse! Das war doch die große Dicke mit den roten Haaren. Und du bist wirklich bis zum Schluss in unserer Klasse gewesen?" Ehe Elsbeth antworten kann, hat sie sich bereits abgewandt und das Gespräch mit den anderen wieder aufgenommen. Verlegen steht sie da und hält sich an dem Sektglas fest, das ihr ein Kellner in die Hand gedrückt hat, bis sie an der Wand die Vergrößerung des letzten Klassenfotos entdeckt. Lange betrachtet sie das Bild auf der Suche nach dem Mädchen, das sie einmal war. Ganz hinten muss sie gestanden haben, da wo nur ein Haarschopf zu sehen ist, wie immer versteckt hinter den anderen.

„Mädels, es gibt Kaffee", ruft Christiane. Kleine Gruppen bilden sich, Schulfreundinnen, die sich wieder gefunden haben und nun unbedingt zusammen sitzen wollen. Taschen werden auf Stühle gelegt, Namen gerufen: „Hier ist noch Platz für dich!" Hände winken. „Komm zu uns!" Endlich hat auch Elsbeth am Ende des langen Tisches einen freien Stuhl gefunden.

Nachdem Christiane die Anwesenden begrüßt hat, geht das Reden und Lachen weiter. Wortfetzen dringen an ihr Ohr, Berichte von erfolgreichen Kindern, begabten Enkeln, von Urlauben in fernen Ländern. Fotografische Dokumente glücklichen Familienlebens und schöner Häuser machen die Runde. Hella, die sich aus Mallorca hat einfliegen lassen, wo sie eine Finca besitzt, hat sogar den Sprung zum Fernsehen geschafft. Die üppige Blondine neben ihr erzählt lautstark von ihrer Karriere als Opernsängerin und reicht eine Mappe mit Zeitungsberichten und Fotos herum. Alle reden, nur Elsbeth schweigt, wie sie immer geschwiegen hat, auch damals in der Schule. Alle tauschen Erinnerungen aus an gemeinsame Erlebnisse, nur Elsbeth nicht, weil es keine Gemeinsamkeiten gegeben hat. Niemand fragt nach ihrem Leben. Niemand spricht mit ihr.

Sie steht auf, zieht ihre Jacke an und geht.

Rosemarie Pfirschke
Mademoiselle Marie

Erster Oktober 1958, sechs Uhr morgens, kurz vor der Einfahrt in den Baseler Bahnhof.

Ein großer kräftiger Mann in Zolluniform schiebt sich in unser Abteil. „Passkontrolle!" Ich reiche ihm meinen Reisepass. Ein kritischer Blick! „Haben Sie vor, länger in der Schweiz zu bleiben?" Ich nicke. „Ein Jahr!" „Und was ist der Grund Ihres Aufenthaltes?" „Au-pair bei einer Familie in Versoix." „Da Sie in der Schweiz arbeiten werden, müssen Sie in Basel zum medizinischen Dienst. Rotes Gebäude gegenüber dem Bahnhofsausgang." „Dann verpasse ich ja meine Anschlusszüge." „Schweizer Gesetz gilt auch für deutsches Fräulein", sagt er, während der Zug langsam in den Bahnhof einfährt.

In dem roten Gebäude nimmt mir eine ältere Frau in weißem Kittel meinen Pass ab. „Wie lange wird es dauern?" „Sie sind nicht die Einzige", sagt sie, ohne den Blick zu heben. „Wo kann ich denn telefonieren? Ich muss meiner Gastfamilie Bescheid geben, dass ich später komme." „Im Bahnhof gibt es Fernsprecher." Sie reicht mir eine Karte mit einer Nummer und befiehlt mir, mich zu den anderen „Leidensgenossen" auf die Bank zu setzen.

So hatte ich mir den Empfang in der Schweiz nicht vorgestellt. Von einem freien Leben fernab der häuslichen Enge und rauchenden Schlote des Ruhrgebietes hatten wir an den Schreibtischen der Deutschen Bank geträumt, meine Kollegin Helga und ich – sie Export, ich

Import. Ein Jahr in der schönen Schweiz – Berge, See, Genf mit seinem internationalen Flair, als Au-pair bei netten Leuten wohnen, für ein monatliches Taschengeld im Haushalt helfen, in der Freizeit Französisch lernen, was ich leider in der Schule versäumt hatte, Wandern, Segeln, im Winter Skifahren.

Helga ist bereits seit sechs Wochen in Genf und hat mir in ihren Briefen begeistert berichtet von ihrer Familie, die ein Schloss bewohnt, von dem gut aussehenden Sohn, der jeden Morgen auf seinem Pferd durch den Park reitet, und von der Haushälterin, die sich so liebevoll um sie kümmert. Meine Gastgeberin, Madame Farber, besitzt zwar kein Schloss, aber eine Villa am See. Sie ist Witwe und hat einen neunzehnjährigen Sohn.

Nach zwei Stunden endlich die Bescheinigung, dass ich weder an Tuberkulose, Geschlechts- oder anderen ansteckenden Krankheiten leide. Danach im Bahnhof Schlange stehen am Auskunftsschalter, eine Telefonzelle suchen, Madames Nummer wählen und ihr erklären, dass ich wegen der Untersuchung noch in Basel bin und erst gegen zwei Uhr in Versoix ankommen werde. Sie scheint wenig begeistert von dieser Verspätung.

Versoix! Ein leerer Bahnsteig. Vor dem Bahnhof suche ich den roten VW, mit dem mich Madame Farber abholen wollte. Nichts! Mittagszeit. Die Straße menschenleer. Niemand, den ich nach der Rue de Lausanne fragen könnte. Ich bin müde, hungrig, schwitze in meinem dicken Mantel und wünsche mich zurück nach Hause. Mit quietschenden Reifen schießt plötzlich ein roter

VW Käfer um die Ecke, stoppt vor mir, die Tür wird aufgerissen, eine Frau springt aus dem Wagen, klein, kurzes blondes Haar, buntes Sommerkleid. Als sie vor mir steht, wirft sie ihre brennende Zigarette auf die Straße und schiebt ihre Sonnenbrille auf die Nasenspitze. Blaue Augen schauen mich an. „Mademoiselle Marie?" Ich nicke. Sie reicht mir die Hand. „Bienvenue!"

In hohem Tempo jagt sie durch die Straßen, während sie mir erklärt, in welchen Geschäften ich demnächst einkaufen muss – boucherie, boulangerie, épicerie, pharmacie. Endlich hält sie vor einem unansehnlichen grauen Haus direkt an der vielbefahrenen Straße nach Lausanne. Das soll die Villa am See sein? Enttäuscht nehme ich mein Gepäck und folge ihr ins Haus. Bellend schießt ein junger Boxer aus einem der Räume auf uns zu und springt freudig an Madame hoch. „Das ist Eco", erklärt sie. „Er ist noch sehr jung. Vorige Woche haben wir ihn kupieren lassen." Seine Ohren sind am Kopf mit Pflaster festgeklebt und da er nur noch einen Stummelschwanz hat, wackelt er vor Freude mit dem Hinterteil.

Madame geht mit mir durch das Haus und ich bin überrascht über das schöne Innenleben hinter dieser grauen Fassade. Eine große Küche mit hohen weißen Schränken. Ess-, Wohn- und Kaminzimmer mit alten Möbeln, Gemälden und Teppichen, eine große Terrasse, im Garten ein weißer Pavillon. Eine Treppe führt hinunter zum Bootssteg. Vor mir liegt der See mit den dahingleitenden Segelbooten, den Ausflugsdampfern und einem Schwanenpaar, das sich dem Ufer nähert. Zurück im Haus gehen wir die Treppe hinauf zu Schlafräumen und Badezimmern, dann über eine enge, steile Stiege ins

Dachgeschoss. „Voilà, Ihr Zimmer!" Madame öffnet eine Tür. Unter der Schräge ein schmales Bett, gegenüber ein Kleiderschrank, vor dem Dachfenster Tisch und Stuhl, Toilette und Waschbecken nebenan – mein Reich für ein Jahr. „Zum Baden können Sie unten das Gästebad benutzen", sagt Madame. „Jetzt ruhen Sie sich erst mal aus. In zwei Stunden wecke ich Sie. Dann spülen Sie das Geschirr und helfen meinem Sohn beim Kochen."

Ich packe meine Sachen aus, beziehe das Bett und versuche zu schlafen. Doch das Durcheinander in meinem Kopf lässt mich nicht zur Ruhe kommen. Hatte mein Vater nicht doch recht gehabt mit seinem Vorwurf, ich würde meine gute Stelle bei der Deutschen Bank aufgeben, um mich als Dienstmädchen in der Schweiz ausnutzen zu lassen, und bestimmt käme ich bald reumütig nach Hause zurück? Nein, den Triumph werde ich ihm nicht gönnen! Ich versuche, an schöne Dinge zu denken, an das, was ich mir für die nächsten Monate vorgenommen habe. Doch immer wieder schiebt sich das Bild meiner Großmutter in meine Gedanken, die sich nach ihrer schweren Krankheit nur langsam erholt und nicht wollte, dass ich ihretwegen zu Hause blieb. Es klopft an der Tür. Madames Stimme: „Marie, wir warten auf Sie!"

Ich finde sie im Kaminzimmer. „Mein Sohn Carlo!", sagt Madame. Mit übereinandergeschlagenen Beinen und Pfeife rauchend sitzt er im Sessel. Sein dicker Bauch wölbt sich über dem Hosenbund, dunkles, zur Seite gescheiteltes Haar, rundes Gesicht, schmaler Kinnbart. Ein kritischer Blick in meine Richtung. „Hallo, Mademoiselle!" Ich fasse es nicht! Dieser unförmige Mann soll erst neunzehn Jahre alt sein, zwei Jahre jünger als ich? Madame erklärt ihm etwas auf Französisch. Er lacht. Dann werde ich in die Küche geschickt, um Berge von Geschirr, Besteck und Töpfen zu spülen. Später erscheint Carlo und lässt sich von mir eine Schürze um den Bauch binden. „Können Sie kochen?" Ich nicke. „Und was?" „Gulasch, Rouladen, Kartoffeln ..." „Fehlt noch Sauerkraut, Klöße und Schweinebraten. Mehr hat die deutsche Küche ja auch nicht zu bieten." Von der französischen Küche habe ich natürlich keine Ahnung, weiß nicht, wie man Froschschenkel, Hummer, Weinbergschnecken und Co. zubereitet. Das Kochbuch meiner Großmutter, das ich mitgebracht habe, nutzt mir hier nichts. Also schaue ich Carlo aufmerksam zu und schreibe die Rezepte in ein Heft.

Inzwischen ist Monsieur Jean eingetroffen, ein gut aussehender Mann, der mich freundlich begrüßt. Leider spricht er kein Deutsch. Er ist Madames Liebhaber. Und es stört sie auch nicht, dass er eine Familie hat, zu der er allerdings nur an den Wochenenden fährt. Ansonsten schläft er bei ihr.

Nach Madames Anweisung decke ich im Esszimmer den Tisch. „Da wir bei den Mahlzeiten über persönliche und finanzielle Dinge reden", sagt sie, „müssen Sie in der Küche essen." Klar, Aschenputtels Platz ist in der Küche! Wieder eine Kröte, die ich schlucken muss. Dann putze ich Salat, bringe Carlo alles, was er zum Kochen braucht, serviere den Aperitif, das dreigängige Menu und die Getränke, renne hin und her, weil man ständig mit einer Tischglocke nach mir läutet, räume den Tisch ab, spüle wieder Berge von Geschirr. Später erklärt mir Madame, dass mein Arbeitsbeginn morgens um acht Uhr ist. Frische Croissants und Baguettes beim Bäcker holen, um neun Uhr Madame eine Tasse Kaffee und ein Croissant ans Bett bringen, Zimmer aufräumen, Betten machen, Geschirr spülen, Eco ausführen, einkaufen, Pferdefleisch für Eco braten, Badezimmer säubern, Lunch zubereiten und servieren, zwischendurch Wäsche waschen, anderthalb Stunden Mittagspause, danach Berge von Wäsche bügeln, Eco ausführen, kochen, servieren, spülen – Feierabend meistens nicht vor zweiundzwanzig Uhr. Mittwochnachmittags und sonntags habe ich frei. Und für die ganze Schufterei bekomme ich vierzig Franken pro Woche. Willkommen im Reich der Dienstmädchen!

Während Monsieur Jean morgens früh das Haus verlässt, um in sein Büro nach Genf zu fahren, bleibt Madame bis gegen Mittag im Bett, telefoniert mit dem Geschäftsführer ihres Hotels in Vevey, mit ihrem Steuerberater und ihren Freundinnen, kontrolliert Bankauszüge und die Abrechnungen des Hotels. Ihre größte Leidenschaft scheint das Geld zu sein. Eco hat seinen Schlafplatz in dem breiten Bett neben Madame. Dort liegt er schnarchend und mit den Pfoten auf der Bettdecke, bis ich komme und mit ihm Gassi gehe. Später rennt er dann wieder nach oben, jault vor Carlos Tür und springt dann zu ihm in das breite Bett mit den vielen Kissen, wo er mit Carlo den Rest des Vormittags verbringt. Die Spuren dieser innigen Beziehung zwischen Herrchen und Hund beseitige ich, indem ich täglich die Wäsche wechsele.

Auch um Klothilde muss ich mich kümmern. Sie ist ein Chamäleon, wird mit Fliegen, Käfern und anderem Krabbelzeug gefüttert und braucht ihren täglichen Auslauf auf der Gartenmauer. Unendlich langsam schreitet sie von einem Ende zum anderen. Der vorgestreckte Kopf wackelt hin und her, während die lange Zunge gierig nach dem Futter schnappt, das ich ihr vor die Füße lege.

Endlich Sonntag, endlich frei! Ich fahre zu Helga. Ihre Familie ist im Urlaub, leider auch der gut aussehende Sohn, und die Haushälterin verlebt ihren freien Tag bei einer Freundin. Helga führt mich durch das dustere Schloss mit den knarrenden Dielen und den drei uralten Jagdhunden, die sich schnaufend hinter uns die Treppe hinauf quälen. Sie zeigt mir die Räume mit den wuchtigen alten Möbeln und den Gemälden der Ahnen an den Wänden. In ihrem kleinen, gemütlich eingerichteten Appartement im Obergeschoss trinken wir Tee und genießen den Kuchen, den die Haushälterin für uns gebacken hat. Später zeigt sie mir die Remise mit den beiden Kutschen, dem Sportwagen des jungen Herrn sowie den Stall mit den Pferdeboxen. „Das ist sein Pferd", sagt sie, während sie dem Schimmel über den Hals streicht. „Er ist in mich verliebt, hat mir sogar einmal eine Rose vor die Tür gelegt." „Und du?" Sie lächelt. „Wenn Jürgen nicht wäre ..." Erstaunt schaue ich sie an. „Wie meinst du das?" „Jürgen und ich werden heiraten. Vor zwei Wochen war er hier und hat mir einen Antrag gemacht. Im nächsten Jahr übernimmt er die Firma seines Vaters und ich werde ihm dabei helfen. Ende November fahre ich nach Hause, um mich darauf vorzubereiten." Ich kämpfe mit den Tränen.

Aber Traurigkeit und Heimweh sind keine guten Beglei-ter. Also versuche ich, das Beste aus den vor mir lie-genden Monaten zu machen. Ein sonniger Oktober! Jeden Morgen springe ich in den noch warmen See und schwimme meine Runden. Ich genieße meine Mittags-pausen in der Sonne, das Spazierengehen mit Eco und die Treffen mit Helga in Genf. Wir bummeln durch die Stadt, gehen in Kirchen und Museen, besuchen Konzer-te, sitzen auf dem Platz Bourg du Four vor einem der gemütlichen Cafés. Zweimal in der Woche gibt mir ein junger Lehrer aus dem Ort Unterricht in Französisch. Madame Spindem, eine ältere Frau mit krummem Rü-cken und faltigem Gesicht, die montags und freitags zum Putzen kommt, hat mich in ihr Herz geschlossen, und obwohl sie kein Deutsch und ich kaum Französisch spreche, verstehen wir uns gut und lachen viel mitei-nander.

Nur mit Carlo habe ich Probleme. Ständig ruft er nach mir: „Machen Sie dieses, holen Sie mir das ...!" Und wenn er mit seinem weißen Karmann Ghia Cabrio vom Einkaufen kommt, hupt er so lange, bis ich erscheine, die schweren Taschen und Körbe ins Haus trage, wäh-rend er, nur mit einem Blumenstrauß im Arm, auf sei-nen Plattfüßen vor mir her watschelt, gekleidet wie ein Dandy in heller Hose, blauem Blazer, weißem Ober-hemd und seidenem Schal. Auf seinem dicken Kopf thront ein Panamahut.

Manchmal kommt Madame zu mir in die Küche, setzt sich auf einen Stuhl, zündet eine Zigarette an und unter-hält sich mit mir über ihre Figurprobleme – „Marie, bin ich nicht zu dick?" – über die neueste Diät, die sie meistens nach kurzer Zeit wieder aufgibt, über das Älterwerden – „Alt sein ist schrecklich. An meinem fünfzigsten Geburtstag werde ich mich umbringen!" – und über andere Dinge, die sie bewegen. Doch sobald Carlo auftaucht, beendet sie das Gespräch, steht auf und geht zu ihm, und es sieht so aus, als würde sie sich bei ihm entschuldigen, dass sie sich mit mir unterhalten hat.

Carlo ist nach Lausanne gefahren, Monsieur Jean mit seiner Frau nach Paris und Madame früher als geplant von einem Treffen mit Freunden zurück. Mit einer Flasche Wein in der Hand steht sie in der Küche. „Ich bin nicht gern allein", sagt sie. „Kommen Sie, wir trinken ein Glas zusammen." Ich hole zwei Gläser, folge ihr ins Kaminzimmer und setze mich in einen der hohen Sessel. Zu meinen Füßen liegt Eco und schnarcht. Sie hebt ihr Glas. „Santé, Marie! Ich hoffe, Sie fühlen sich bei uns wohl, auch wenn es mit Carlo nicht immer einfach ist. Leider ist er ein wenig speziell. Sie verstehen, was ich damit meine?" Ich nicke, obwohl ich nicht verstehe.

Sie zündet eine Zigarette an und nimmt einen tiefen Zug. „Ich mache mir Sorgen um ihn. Was soll nur aus ihm werden ohne Schulabschluss, ohne Beruf? Obwohl er ein guter Schüler war, hat er sich geweigert, die Matura zu machen, ist einfach nicht zur Prüfung gegangen und hat sich tagelang in seinem Zimmer eingeschlossen. Ich wollte ihn dann auf einer Hotelfachschule anmelden, damit er später das Hotel in Vevey übernehmen kann. Doch das wollte er auch nicht. Und wenn ich ihn auf seine Zukunft anspreche, sagt er nur, ich solle ihn in Ruhe lassen, es ginge ihm gut, er habe alles, was er brauche, und sähe nicht ein, warum er arbeiten soll. Genauso denken auch einige seiner Freunde, junge Männer aus reichen Familien, für die das Leben nur aus Vergnügen besteht. Kürzlich hat sich einer von ihnen erschossen, sehr stilvoll im Smoking und bei Kerzenlicht. Das Leben habe ihm nichts mehr zu bieten, er habe schon alles gehabt, hat er in seinem Abschiedsbrief geschrieben."

Sie greift nach der Packung und zündet eine neue Zigarette an. „Alles gehabt! Was kann das Leben noch bieten? Das trifft wohl auch für Carlo zu. Mit sechzehn wurde er der Geliebte einer russischen Großfürstin. Ihr kleiner Prinz, dem sie jeden Wunsch erfüllt hat. Diese perverse, alte Kuh hat meinen Jungen verdorben. Am liebsten hätte ich sie umgebracht." Sie lehnt den Kopf gegen die Sessellehne und schließt für einen Moment die Augen.

„Es war nicht gut für Carlo, ohne Vater aufzuwachsen. Sein Vater war Italiener. Als wir uns kurz nach dem Krieg getrennt haben, ist er zurück nach Rom und hat eine Suite in einem Luxushotel gemietet, die er bis zu seinem Tod nicht mehr verlassen hat. Mehrmals am Tag hat er sich von den Nobelrestaurants die feinsten Menus und die besten Weine bringen lassen, lag nur noch im Bett, wurde immer dicker und starb nach einigen Monaten an Herzversagen.

Ich war inzwischen mit Carlo in meine Heimatstadt Biel gezogen und hatte meinen Jugendfreund, einen Uhrenfabrikanten, geheiratet. Doch das Geschäft mit den Uhren ging nicht gut. Wer kaufte schon nach dem Krieg teure Schweizer Uhren? Die Firma ging in Konkurs, mein Mann wurde krank, wir kauften dieses Haus und zogen hierher, weil wir hofften, dass es ihm hier besser gehen würde. Doch es wurde immer schlechter. Er litt unter schweren Depressionen, fühlte sich verfolgt und lief nachts ruhelos durchs Haus. Oft fand ich ihn auf dem Speicher, wo er sich in einer Ecke versteckt hatte. Da ich mich um meinen Mann kümmern musste, hatte ich Carlo gegen seinen Willen in einem Lausanner Internat untergebracht. Er hasste seinen Stiefvater. Als mein Mann eines Morgens tot im Bett lag, habe ich zuerst Carlo angerufen. Er kam sofort. Mit geballten Fäusten stand er vor dem Toten. ‚Endlich sind wir dich los, du mieses Schwein', schrie er und schlug auf ihn ein, immer wieder, und ich habe ihn nicht daran gehindert. Nach der Beerdigung sind wir beide nach Genf gefahren und haben die Befreiung gefeiert." Sie lacht. „Sind Sie jetzt geschockt, Sie braves deutsches Mädchen?" „Nein", sage ich, obwohl ich es bin.

Eco ist aufgewacht, streckt sich, läuft zur Terrassentür und bellt. Als ich ihm die Tür öffne, rennt er in den Garten, hockt sich hin und pinkelt auf den Rasen. „Il fait comme une vache", lacht Madame. „Der dumme Hund hat immer noch nicht begriffen, dass er ein Rüde ist und sein Bein heben muss."

Dezember! Es stürmt, hohe Wellen schlagen gegen den Bootssteg, auf den Bergen liegt der erste Schnee. Helga ist nach Hause gefahren. Vorbei die gemeinsamen Museen- und Konzertbesuche und auch die Ausflüge in die Umgebung. Wenn mich Heimweh quält, flüchte ich zu Madame Spindem in ihr kleines Häuschen. Endlich

132

kann ich mich mit ihr unterhalten, auch wenn es oft mühsam ist.

Auf der Fahrt nach Hause kurz vor Weihnachten lerne ich Margret kennen. Wir sitzen in einem Abteil, arbeiten beide in Versoix und kommen aus Duisburg. Welch ein Zufall! Margret hat bereits als Kindermädchen zwei Jahre in Schweden gearbeitet und ist jetzt bei einer englischen Diplomatenfamilie angestellt, die sie wie eine eigene Tochter behandelt. Nach meiner Rückkehr besuche ich Margret und lerne auch die Familie kennen, Mr. Mansfield, der sehr gut Deutsch spricht und mir erzählt, dass er nach dem Krieg als Stadtkommandant im Rheinland war, seine Frau, eine feine, liebenswürdige Lady, und die beiden Töchter, fröhliche Teenager, die in Genf eine Privatschule besuchen. Alles „very British" und „traditional", die britische Nationalflagge im Garten und das abendliche Treffen in der Halle zum Aperitif unter den Klängen der Nationalhymne „God save the queen". Margret bewohnt in der oberen Etage ein schönes, großes Zimmer, in dem ich nun oft meine freie Zeit verbringe. Bei gutem Wetter fahren wir sonntags mit dem Zug in die Berge und rutschen auf alten Skiern die Hänge hinunter.

Das Verhältnis zwischen Carlo und mir gestaltet sich immer schwieriger, auch weil ich mir seine Arroganz und Herumkommandiererei nicht mehr gefallen lasse. Vor seinen Freunden, diesen piekfeinen Jünglingen, die in Nobelkarossen vorfahren, im Schlepptau ihre schönen, eleganten Freundinnen, führt er sich wie ein Pascha auf. „Marie, nehmen Sie der Dame den Mantel ab!", „Haben Sie nicht gesehen, dass wir keinen Wein mehr haben?", „Wann servieren Sie endlich den Kaffee?". Einmal befiehlt er mir sogar vor seinen Gästen, ich solle die Serviette aufheben, die ihm auf den Boden gefallen ist. Einen Moment lang stehe ich da, zitternd vor Wut, dann bücke ich mich, hebe die Serviette auf und werfe sie auf den Tisch. Sie landet auf der Käseplatte. Carlo pflanzt sich vor mir auf. „Vous êtes impossible!" „Vous aussi!", sage ich und gehe aus dem Zimmer. Ich höre ihr Lachen und bin mir nicht sicher, wem es gilt.

Als ich am Sonntag spät abends nach Hause komme, sitzt er auf der Treppe, die zu meinem Zimmer führt. „Warum sitzen Sie hier?", frage ich. Er antwortet nicht, starrt mich nur so komisch an und rückt auch nicht zur Seite, als ich mich an ihm vorbeidränge. Die Tür zu meinem Zimmer schließe ich jetzt immer ab, und wenn Madame verreist ist, schlafe ich bei Margret. Sie hat ihrer Familie von meinem Problem erzählt und seitdem ist in ihrem Haus immer ein Bett für mich bereit.

Endlich Frühling! Endlich wieder im See schwimmen, obwohl das Wasser noch sehr kalt ist, in der Mittagspause die Sonne genießen, auf dem Bootssteg sitzen und nach den kleinen Fischen angeln, die so lange in einem Wasserbecken weiterleben dürfen, bis Carlo sie auf den Grill legt. Das Schwanenpaar hat Nachwuchs, niedliche Federbällchen, die in einer Reihe hinter den Eltern herschwimmen.

Doch das schöne Wetter hat auch seine Schattenseiten durch die vielen Gäste, die sich manchmal sogar für mehre Tage im Haus einquartieren und sich von mir bedienen lassen, als wären sie in einem Hotel, während

Madame keinen Finger rührt. Eine ihrer Tanten, ein hageres altes Fräulein bleibt zwei Wochen, erscheint jeden Morgen in der Küche und bestellt ein Frühstücksei. „Seulement deux minutes, Mademoiselle", wiederholt sie ständig und achtet darauf, dass ich das Ei sofort wieder aus dem kochenden Wasser fische. Mittags will sie „une omelette", zum Diner ein kleines Stück gekochtes Huhn mit zwei Esslöffeln Reis und mehrmals am Tag eine Kanne Kamillentee.

Kaum ist sie abgereist, bittet ein Freund von Carlo um Asyl, weil ihn seine Freundin aus der Wohnung geworfen hat. Erst gegen Mittag kriecht er aus dem Bett und läuft bis abends in Shorts und Unterhemd herum, während ich seine schmutzigen Sachen waschen, bügeln und sogar flicken muss.

Gestern ist endlich Madames Freundin nach Hause gefahren. Vor einer Woche hatte sie schwankend und mit bleichem Gesicht vor der Haustür gestanden. Es ginge ihr schlecht, sagte sie, und sie müsse sich unbedingt hinlegen. Madame war nicht da. Ich brachte sie in ein Gästezimmer und als sie mit meiner Hilfe ihr Kleid auszog, sah ich, dass sie stark blutete. „Soll ich den Doktor rufen?" Sie winkte ab. Von Madame erfuhr ich dann, dass der Arzt, der in unserer Nähe seine Praxis hat, ‚etwas bei ihr weggemacht habe', von dem ihr Ehemann nichts wissen durfte.

Manchmal muss sogar Eco für einen Gast sein Bett räumen und darf für kurze Zeit wieder neben Madame schlafen. Nachdem sich Monsieur Jean nämlich geweigert hatte, weiter das Bett mit einem kräftigen Rüden zu teilen, der knurrend seinen Platz verteidigt, schläft Eco nun in einem der Gästebetten, natürlich nach wie vor auf Laken und Kopfkissen sowie unter einer Daunendecke. Und wenn ich meinen freien Tag habe, kann es passieren, dass ein Gast in diesem Hundebett schlafen muss, das noch nicht einmal frisch bezogen wurde.

Ich habe mich in Genf zu einem Segelkurs angemeldet. Nach zwei Stunden Theorie geht es los, die ersten beiden Fahrten mit dem Segellehrer, Brigitte, einem Mädchen in meinem Alter aus Stuttgart, das sich als Au-pair um die beiden Kinder eines Lehrerpaares kümmert, und einem jungen Deutschen, der bei einer Bank arbeitet. Dann werden wir allein aufs Wasser geschickt, während „le Professeur" uns vom Ufer aus seine Befehle zuruft. Unser Mitsegler übernimmt sofort das Kommando. Dieser Angeber! Bereits am ersten Tag wollte er uns in seine Bude einladen. Das haben wir dankend abgelehnt.

Heute weht ein heftiger Wind. Kein guter Tag zum Segeln. Unser „Kapitän" ist im Urlaub. Eine junge Deutsche ist mit an Bord. Wir sollen Halsen üben. Und das bei diesem Wetter. „Nicht zu nah an Jet d'Eau", befiehlt „le Professeur". Jet d'Eau, das Wahrzeichen von Genf, ist eine 140 Meter hohe Fontaine. Wir schippern los, Brigitte an der Pinne, die Neue bedient das Großsegel und ich spiele den Fockaffen. Schnell gewinnen wir an Fahrt, leider genau in Richtung Fontaine. Sie zieht uns an wie ein Magnet. Warnende Rufe vom Ufer. Der Großbaum schlägt hin und her, die Neue schreit, ich hole das Vorsegel ein und versuche, auf dem schon schräg liegenden Boot zu ihr zu gelangen – da kippt die Jolle um. Ich falle ins Wasser, über mir das Großsegel.

Schuhe, Hose, Pulli, Jacke – alles wird bleischwer, zieht mich runter. Keine Orientierung. Die Luft wird knapp. Soll das mein Ende sein, begraben auf dem Grund des Genfer Sees? Irgendwie schaffe ich es endlich, unter dem Segel wegzuschwimmen, tauche auf und kann mich am Boot festhalten. Oben hocken meine beiden Mitseglerinnen und schreien: „Hilfe, Hilfe! Au secours!" Vom Ufer nähert sich ein Motorboot mit dem schimpfenden „Professeur" und zwei anderen Männern, die ihm helfen, das Boot wieder aufzurichten und an Land zu ziehen. Gerettet! Sogar unsere Taschen. Alles nass. Wasser tropft aus den Haaren, aus den Kleidern, aus den Taschen. Nass ist sogar der Geldschein, mit dem ich dem erstaunten Schaffner den Fahrschein bezahle. Und mit nassen Klamotten komme ich in Versoix an.

Anfang September! In vier Wochen fahre ich nach Hause. Madame möchte, dass ich bleibe, und hat mir eine Stelle in ihrem Hotel angeboten. „Ich zahle Ihnen ein gutes Gehalt." Daran knüpft sie allerdings den Wunsch, ich solle weiter in ihrem Haus wohnen. Auch Monsieur bietet mir an, in seiner Firma zu arbeiten. Nein, danke! Ich will nach Hause, will bei meiner geliebten Großmutter sein, die seit drei Wochen wieder im Krankenhaus ist. Mein Vater wird mir vorhalten, dass es eine verlorene Zeit in der Schweiz war, dass ich auch zu Hause hätte putzen und kochen können und für das Französischlernen doch wohl ein Kursus bei der Volkshochschule gereicht hätte. „Nein, es war keine verlorene Zeit", werde ich sagen. „Ich bin erwachsen geworden, habe gelernt, selbständig zu sein, mich durchzusetzen, meinen Weg zu gehen."

„Marie, Ihre Mutter!" Ich nehme den Hörer. Sie weint. „Komm nach Hause. Omi geht es sehr schlecht. Der Arzt meint, sie könne nicht sterben, weil sie auf jemanden wartet. Sie wartet auf dich." „Fahren Sie!", sagt Madame. Ich packe den Koffer, verabschiede mich am Telefon von Margret und Brigitte. Carlo weigert sich, seine „Höhle" zu verlassen, und lässt mir durch seine Mutter eine gute Reise ausrichten.

Madame fährt mich nach Genf. „Abschiedsszenen auf dem Bahnsteig hasse ich", sagt sie, als wir vor dem Bahnhof stehen. „Also, leben Sie wohl!" Ich nehme mein Gepäck, und als ich mich zu ihr umdrehe, sehe ich, dass sie weint.

Zwei Tage später stirbt meine Großmutter.

Rüdiger Kaun
Auf Abstand

Am wohlsten war mir unter dem Wipfel der Tanne. Von dort aus konnte ich zwischen den Zweigen hindurch das Dach unseres Hauses, die Terrasse, Mutters Blumenbeete, die Straße hinauf und hinunter sehen. Wenn am Spätnachmittag Vaters blauer Opel heranrollte, war er ein Spielzeug. Und der Vater, da er ausstieg, und die Mutter, die unter der Haustür hervortrat – sie waren kaum größer als die Figuren meiner Modelleisenbahn. Ich hatte sie lieb.

Wenn ich aber Astgabel um Astgabel herabsteigen musste, um am Abendbrottisch zwischen den Eltern Platz zu nehmen, war ich erstarrt.

Wie war es in der Schule? Warum kommt dein Freund Achim nicht mehr? Du bekommst nur schlecht Luft durch die Nase? Nicht wahr? Alles wollten sie wissen. Ihre Blicke ruhten hartnäckig auf mir. Ist es ein Wunder, dass ich aufatmete, wenn ich wegen Mundfaulheit auf mein Zimmer geschickt wurde, wo ich in aller Ruhe damit anfangen konnte, mich nach ihnen zu sehnen.

Am schlimmsten aber war, wenn ich, bereits im Bett liegend, für die Nacht verabschiedet wurde. Mit bedeutsamem Schritt trat der Vater ins Zimmer. „Mein Sohn", sagte er feierlich. Was dann folgte, vergaß ich jedes Mal so rasch, dass ich nicht hätte sagen können, ob es neu oder täglich das Gleiche war. Dann kam die Mutter. Breithüftig nahm sie die Bettkante in Besitz, umschlang mich. Ich roch ihren Atem. Das große Muttergesicht kam mir ganz nahe. Sie hielt mich so lange in ihren vollen Armen, bis ich glaubte vergehen zu müssen.

Meine Eltern, die eine gewisse Wunderlichkeit an mir entdeckt zu haben glaubten – war es nun eine unglückliche Veranlagung oder schierer Eigensinn? – stellten mich einem Kinder- und Jugendpsychologen vor. Seine Diagnose: postpubertäre endogene Klaustrophobie tertium graduale. Dabei konnte ich stundenlang ohne Beklemmung Aufzug fahren. Was ich nicht konnte, war, neben Claudia in der hintersten Bank sitzen. Unbeobachtet von den kontrollierenden Blicken des Lehrers. Ausgesetzt ihren Scherzen, wie sie es nannte.

„Du hast Wimpern wie ein Mädchen", flüsterte sie, während ich, kurzsichtig wie ich von Geburt an war, die

Gleichungen mit drei Unbekannten, die der Lehrer an die Tafel zauberte, zu entziffern versuchte.

„Was machst du am Sonntag?"

Ich schwieg.

„Latein?"

Ich nickte.

Ich war in allen Fächern leidlich, mit Ausnahme von Sport. Latein liebte ich. Man musste es nicht sprechen.

„Erklärst du mir den Ablativus absolutus?"

Ich kniff die Augen zusammen. Die Handschrift des Lehrers war auch mit Brille kaum leserlich.

„Ja?", drängte sie.

„Psst", machte ich.

„Ich komme zu dir."

Meine Eltern freuten sich über dieses unverhoffte Zeichen von Geselligkeit. Um stundenlang auf Bäumen herumzusitzen, war ich zu alt. „Und dazu noch ein so hübsches Mädchen", glaubte ich meine Mutter meinem Vater zuraunen zu hören. Sie servierte Streuselkuchen und Limonade. Mein Vater, der dicht hinter ihr stand, nickte anerkennend. Offenbar hatte er mir eine so attraktive Bekanntschaft nicht zugetraut.

„Wir lernen Latein", erklärte ich, um endlich die Grammatik aufschlagen zu können.

Claudia war tatsächlich hübsch. „Hübsch" war ein blasses Wort für ihre Erscheinung. Jedes Mal, wenn sie gegangen war, träumte ich von ihren Augen, die wie in Bronze eingelegte Edelsteine leuchteten, vom Schwung ihrer matt glänzenden Lippen, die, wenn Claudia zur Decke blickte, um sich an eine Vokabel zu erinnern, ein Stück ihrer weiß schimmernden Schneidezähne entblöß-ten. Was für ein Mädchen, dachte ich, auf dem Bett liegend, und fühlte mein Herz klopfen. Wenn wir dann aber wieder nebeneinander über der lateinischen Grammatik saßen, wenn ich ihren Duft roch und die Wärme ihres Körpers zu spüren glaubte – ihre Locken kitzelten meine Wange –, dann brach mir der Schweiß aus und ich vergaß, dass a, ab, abs, de, ex und e, cum und sine, pro und prae den Ablativ regierten.

Eines Abends, Claudias geringe Fortschritte und eine anstehende Klassenarbeit hatten eine längere Unterweisung nötig gemacht, drängte mich meine Mutter „die junge Dame", wie sie sich ausdrückte, nach Hause zu begleiten. Es werde bereits dunkel.

Der Mond stand am Himmel. Der Herbstwind raschelte in den Zweigen. Ich erzählte von der Eroberung des Südpols, über die ich gerade ein Buch gelesen hatte.

„Wer war noch mal dieser Scott?", fragte Claudia zerstreut.

Ihr Heimweg dauerte zu lang, um ihn ganz mit der Schilderung des Kampfes zwischen Scott und Amundsen ausfüllen zu können, zumal Claudia keinerlei Rückfragen stellte. Schweigend trottete ich neben ihr her.

„Was ist?", fragte sie nach einer Weile.

„Am liebsten würde ich Polarforscher werden", sagte ich schließlich.

„So."

„Mit Wohnsitz auf Grönland."

„Ach."

Nach ein paar quälenden Minuten fragte Claudia: „Ist was? Du atmest so laut."

„Ich?"

„Wer sonst?" Sie lachte. Wir bogen in einen dunklen Fußweg ein. Plötzlich spürte ich eine Hand an meiner Hand.

„Du", sagte eine Stimme. Mit sanfter Gewalt fühlte ich mich gegen eine Hecke gedrängt. „Mensch, bist du süß", gurrte die Stimme ...

Wie oft habe ich mich vergeblich an diesen Kuss zu erinnern versucht. Ich nahm ihn nicht wahr. Nur das Straßenpflaster unter meinen Füßen, während ich nach Hause rannte.

Dass Claudia die Versetzung in die nächste Klasse nicht schaffte, war nicht allein mir anzulasten. Neben der Fünf in Latein hatte sie eine Fünf in Mathematik. Sie verließ die Schule. Anfangs wusste ich noch um ihren weiteren Lebensweg. Man hörte von einer Lehre, die sie abgebrochen habe. Von wechselnden Männerbekanntschaften. Einmal, kurz bevor sie aus meinem Gesichtskreis verschwand, traf ich sie auf einem nächtlichen Spaziergang. Ich erkannte sie an ihrem kehligen Lachen.

„Claudia!", rief ich.

„Du?", kam es von ihr, während sie sich halb aus dem Arm ihres Begleiters wickelte.

Mir war, als sei sie angetrunken.

Während sich Claudias Existenz im Unbestimmten verlor – mal hieß es, sie sei in Australien, mal in Kanada –, machte ich Abitur, saß anschließend so ausdauernd über Cäsar und Tacitus, dass mich mein Professor für Alte Geschichte zu seinem Assistenten machte. Ich entwickelte mich rasch zu einem Spezialisten für antike Militärgeschichte, eine Disziplin, in der sich Archäologie und Geschichtsschreibung treffen. Auf Grund kleinster

Relikte, mit Hilfe schriftlicher Zeugnisse und Luftaufnahmen rekonstruierte ich Geschehnisse, die sich vor zwei Jahrtausenden ereignet hatten. Eine Pfeilspitze, das kaum zu identifizierende Bruchstück eines Pferdegeschirrs – sie waren das ferne Echo tödlicher Nähe. Es konnte vorkommen, dass mich, versunken in die Betrachtung eines erdverkrusteten Bleigeschosses, ein Gefühl der Wehmut überkam. In der Bibliothek des Instituts sitzend, gedachte ich der längst verhallten Schreie der Verwundeten.

Da ich ein regelmäßiges, fleißiges Leben führte, fern von Geselligkeit und Unterhaltungslust (die Sonntage waren mir die liebsten Arbeitstage), wäre ich unaufhaltsam die akademische Leiter emporgestiegen. Meine Dissertation über einige von der Forschung falsch lokalisierte Kastelle im Verlauf des obergermanisch-rätischen Limes war so viel wie abgeschlossen. Das Thema der Habilitation stand bereits fest. In absehbarer Zeit wäre ich über die Zwischenstation eines Privatdozenten Inhaber eines ordentlichen Lehrstuhls geworden, hätte mich nicht das Schicksal unversehens von der Peripherie meines Daseins ins Zentrum zweier sich kreuzender Leben geworfen.

Rothfass hieß mein Professor, Erlewein seine Sekretärin. Es war nichts Ungewöhnliches, dass ich am späten Sonntagnachmittag noch einmal das Institut aufsuchte, um in der epigraphischen Abteilung eine römische Inschrift nachzuschlagen. Ich genoss es, zu dieser Stunde allein zu sein. Da hörte ich etwas. War es in der numismatischen Abteilung? Ungewohnte Laute drangen auf den Flur. Es klang wie ein Grunzen, dann wie ein Stöhnen. Jemand jammerte. – Oh, hätte ich doch nie die Tür zum Sekretariat geöffnet!

Zwei menschliche Leiber lagen in verrenkter Haltung halb auf dem Schreibtisch, halb übereinander. Sie zuckten. Der oben liegende war offensichtlich ein Mann. Ich erkannte es an Glatze und Haarkranz. Unter ihm wand sich ... Wer war es? Was ging es mich an? Ich wünschte nur, so schnell wie möglich diesen Schauplatz ungezügelter Körperlichkeit zu verlassen. In dem Moment aber, da ich einen Schritt zurücksetzte, den Türgriff bereits in der Hand, wandte der Kopf, der schräg über der Tischkante hing, mir sein Gesicht zu. Zwei aufgerissene Augen starrten mich an.

„Herr Schneider!", rief die Erlewein. Denn die Erlewein war es, wie ich feststellen musste. Und nochmals: „Herr Schneider!"

Rief sie um Hilfe oder wollte sie den Menschen, der sich ruckartig über ihr bewegte, nur informieren, dass ihre Zweisamkeit durch die Anwesenheit eines Dritten gestört wurde? Ich wusste es nicht. Ich sah nur, dass der Mann den Rhythmus seiner Bewegung abrupt abbrach, sah in ein verschwitztes mir allzu gut bekanntes Gesicht, das ich nie zuvor derart entstellt gesehen hatte.

„Schneider!", brüllte mein Professor.

Zwei Augenpaare waren auf mich gerichtet. Das eine halb flehend, das andere zornverdunkelt. Was sollte ich tun? Einen Augenblick lang gab ich mich der völlig nichtigen Überlegung hin, wie es dazu gekommen sein mochte, dass der Haarkranz meines Professors derart zerzaust war. Dann breitete sich ein lähmendes Gefühl der Leere in meinem Kopf aus.

144

„Verlassen Sie gefälligst das Zimmer!", herrschte mich Rothfass an.

Noch sah ich, wie eine knochige Hüfte zwischen zwei weißen Schenkeln hervorglitt. Dann schloss ich die Tür.

Sicher wäre mir auf der Stelle gekündigt worden, hätte nicht eine fristlose Entlassung ein ungünstiges Licht auf meinen Professor geworfen. Die Erlewein hatte ihn nämlich, auch wenn es ihr niemand zugetraut hatte, wegen Vergewaltigung angezeigt.

Plötzlich war ich ins Zentrum allgemeinen Interesses gerückt. Es schien, als habe die kleine Universitätsstadt nach einem Skandal geradezu gelechzt. Während ich zuvor wie ein kaum sichtbarer Schatten durch die Räume des Instituts gehuscht war, verfolgten mich nun von allen Seiten Blicke. Es interessierten sich auf einmal Menschen für mich, die mich zuvor meiner stillen Art wegen sicher verachtet hatten. Auf der Straße sprachen mich Lokalreporter an und zückten zu allem Überfluss ihre Notizblöcke. Menschen, deren Name ich nie gehört hatte, riefen mich an, um mir Ratschläge zu erteilen, dabei konnten sie meine Nummer weder aus dem Telefonbuch noch aus dem Internet erfahren haben. Alle bewegte die Frage, die mir schließlich auch der Richter im überfüllten Gerichtssaal stellte: War die inkriminierte Handlung einvernehmlich geschehen, das heißt aus Lust, aus Liebe oder war sie ein Akt der Gewalt?

Wie wenn ich mir diese Frage nicht so und so oft selbst gestellt hätte! Je genauer ich mir die Situation vor Augen führte, desto unklarer erschien sie mir.

Zu meiner Rechten saß Rothfass mit seinen Anwälten. Im Rücken wusste ich die schwarzgekleidete Erlewein. Dahinter lauerte das Publikum.

Was sollte ich sagen? Würde der Richter, der mich steinkalt wie ein zur Vivisektion freigegebenes Versuchstier betrachtete, würde er verstehen, wenn ich von der Verborgenheit des Augenblicks spräche und erklärte, dass sich die Dinge erst aus dem Abstand heraus aufhellten, wenn überhaupt.

„Ich weiß es nicht", stammelte ich schließlich.

Im Saal wurde geraunt. Offenbar hatte ich zu leise gesprochen.

„Aber Sie waren doch im richtigen Moment am Tatort und blieben, wie Professor Rothfass und Frau Erlewein übereinstimmend bestätigten, mindestens eine, wenn nicht zwei Minuten in zirka drei Meter Entfernung stehen."

„Eben", sagte ich.

„Eben?", fragte der Richter.

„Ich war zu nah dran."

Hinter mir wurde gelacht.

„Die optimale Position für einen Zeugen, könnte man meinen."

„Ich war überwältigt."

Der Staatsanwalt warf dem Richter einen vielsagenden Blick zu. – Man verzichtete auf eine weitere Vernehmung.

Die Beurteilung meines Auftritts im Zeugenstand fiel verheerend aus. Die Presse schwankte zwischen Hanswurst und Feigling. Frauen, die sich als Feministinnen bezeichneten, schrieben mir wütende Briefe. Das soll unsere akademische Elite sein?, fragte ein Journalist in der Regionalschau. „Weltfremdheit" lautete der harmloseste Vorwurf. Einschneidender war, dass mir Rothfass auf der Stelle kündigte.

Die Stellenangebote für klassische Archäologen sind dünn gesät. Mit einer Empfehlung meines Professors konnte ich nicht rechnen. Anfangs hielt ich mich mit Lateinnachhilfe über Wasser. Dann fand ich eine Anstellung als Nachtportier in einem Hotel. Vorübergehend, dachte ich. Je länger ich jedoch diese Tätigkeit ausübte, desto lieber wurde sie mir. Die Tage verschlief ich. Nur selten sehnte ich mich nach ihrem Licht. Wenn die letzten Nachtschwärmer ihre Zimmerschlüssel abgeholt hatten und in den Aufzügen verschwunden waren, brach mein Tag an: Die Rekonstruktion einstiger Schlachten. Via Internet pflegte ich eine vielfältige Korrespondenz. Ich war verknüpft mit Forschern aus allen Erdteilen. Während zahlloser Nachtstunden hatte ich mir am Empfangstresen meines Hotels einen Namen in der Fachwelt erworben, so dass kein ernstzunehmender Wissenschaftler die Ergebnisse meiner Arbeit ignorieren konnte.

Neben meiner wissenschaftlichen Arbeit hatte ich als Nachtportier genügend Zeit über mein bisheriges Leben nachzudenken. Oft sah ich mich zwischen Vater und Mutter am Tisch sitzen, sah beide auf der Terrasse stehen, putzig und klein vom Wipfel der Tanne aus. An Claudia dachte ich. Es verging kein Tag, an dem ich nicht an sie gedacht hätte.

Eines Nachts, es war nasskaltes Wetter draußen und kurz vor halb drei. Ich korrespondierte eben mit einem Limes-Spezialisten aus Toronto, da wehte mir mit dem Wind eine Dame herein. Schmal stand sie in der Empfangshalle, vom Regen triefend. Obwohl ich ihr Gesicht unter der Hutkrempe nur ungenau sehen konnte, kam es mir merkwürdig vertraut vor.

„Du?", fragte sie erstaunt.

„Bist du es wirklich?" Ich hatte sie an der Stimme erkannt.

„Ich bin auf der Durchreise. – Aber was machst du denn hier?"

„Das siehst du doch."

„Sicher bist du in all den Jahren keinen Schritt aus der Stadt herausgekommen", sagte sie. Ein spöttisches Lächeln umspielte Claudias Mund. Er war es, auch wenn ihre Lippen kaum merklich zu welken begannen. Es waren ihre Edelsteinaugen, die nun ein Kranz von Lachfältchen umgab.

Claudia erzählte. Von Kontinenten, die sie bereist hatte. Asien, Australien, Afrika. Im Jeep, auf Kamelen und Eselsrücken. Die Namen der Städte, in denen sie gewohnt hatte, hatten einen exotischen Klang.

„Mein Gott", sagte sie lachend, „es gab kaum einen Job, in dem ich mich nicht versucht hätte." Sie war Segellehrerin, Kinderschwester, Bardame und Immobilienhändlerin gewesen.

„Und", ich zögerte, „bist du verheiratet?"

„Gewesen. Dreimal."

„Aber du?", fragte sie nach einer Pause. „Beschäftigst du dich immer noch mit Latein?"

Ich nickte.

Meine Lebensgeschichte war schnell erzählt.

Inzwischen war es vier geworden.

„Es kommt mir so vor, als hättest du bis jetzt kaum gelebt", sagte sie ernst und erhob sich.

Ich entgegnete: „Wer weiß, vielleicht sind die Vorstellungen, die man hat, wichtiger als die Wirklichkeit."

Einen Augenblick lang schien sie darüber nachzudenken.

„Gibst du mir meinen Zimmerschlüssel? Mein Zug fährt kurz nach neun. Bis dahin hättest du Zeit, es auszuprobieren."

Sie ging langsam zum Aufzug, den Koffer hinter sich herziehend, dann drehte sie sich noch einmal um.

Rüdiger Kaun
Drachenfrühstück

Meistens nehmen wir die Gartenstühlchen, stellen sie auf den Rücken des Drachens und ein Tischchen dazwischen. Der Drache ist groß. Halb in die Erde eingegraben, gleicht er einer riesigen Erdscholle. Aus den Ritzen zwischen seinen mächtigen Hornschuppen wachsen Grasbüschel hervor. Erde und Sand bedecken ihn, so dass es, wenn er sich einmal schüttelt, ringsum staubt. Meistens hält er jedoch still. Tagelang liegt er, ohne sich im Geringsten zu rühren; gleichgültig, ob es regnet oder glühend heiß ist. Die Beine des Tischchens müssen wir jedes Mal neu unterlegen. Ein Drachenrücken ist kein Parkettboden. Aber wenn alles einmal steht, steht es. Und wenn er schläft, atmet er kaum. Nicht einmal der Kaffee schwappt in der Tasse. Man müsste ihm unter den Bauch greifen, um ganz sicher zu sein, ob er noch lebt.

Anfangs zweifelte die Jungfrau, ob es sich für eine Dame von Adel schickt, unter freiem Himmel zu frühstücken. Auf dem Boden ihrer Wohnhöhle ist es jedoch keineswegs feiner. Die sanfte Anhöhe, die der Rücken des Drachens bildet, hat etwas Erhebendes. Wir haben uns unsere guten Manieren bewahrt. Auch ist die Aussteuer, die man der Jungfrau nachgeschickt hat (wohl, da man an ihrer Befreiung zu zweifeln begann), erfreulich. Silberne Leuchter stehen auf damastenen Deckchen. Es ist wie daheim, sagt die Jungfrau, die der jahrelange Gram kaum älter gemacht hat. Ja, sage ich und unterdrücke den Gedanken an die fehlende Dienerschaft.

Der Atem des Drachens ist nicht zu spüren. Als hätte ich ihn besiegt. Als wären wir frei und könnten uns aufmachen. Als stünde uns die Welt offen. Noch kann mich der König an seinen Hof rufen. Es gibt Abenteuer genug. Helden werden immer gebraucht. Wir werden eine Burg haben. Von den Zinnen erschallt das Jagdhorn. Im Burghof schnauben die Pferde. Die Jungfrau kämmt sich in der Kemenate ihr goldgelbes Haar. – Da regt sich – weiß der Himmel warum – der Drache in seinem Erdbett. Einen halben Zentimeter vielleicht. Es ist nur die Andeutung einer Regung. Nicht einmal das Milchkännchen fällt um, obwohl es den schlechtesten Stand hat. Es ist ein Hauch, der alles hinwegbläst. Ein kaum spürbares Zittern, das alles zunichte macht: Plötzlich liegen die vertanen Jahre wie Steine auf meiner Brust. Ausgezogen bin ich, den Drachen zu töten, die Jungfrau zu befreien und nicht, um das Frühstück unter freiem Himmel zu lernen.

Manchmal schleiche ich mich davon und schneide mir eine neue Lanze zurecht. Ein Zeitvertreib. An seinem Panzer zersplittert sie, ohne dass er sich gewehrt hätte. Wahrscheinlich weiß er nicht einmal, dass ich sein Feind bin und nach seinem Leben trachte. Bei meinen ersten Angriffen schien er noch interessiert. Einmal spie er sogar Feuer, aber ich bin nicht sicher, ob es meinetwegen geschah. Wochen lag ich im Schutz einer Felsspalte verborgen, um meine Brandverletzungen auszukurieren.

In der ersten Zeit hat er mich hin und wieder angeschaut. Seine gewaltigen Augäpfel, so dachte ich, suchten nach mir. Wenn ich ihm heute einmal in den Blick laufe – ich erstarre wie am ersten Tag – scheint er durch mich hindurchzusehen. Nicht einmal meine zugegeben nicht ganz ehrlichen Versuche, seine Gunst zu erwerben, beeinflussen ihn. Er vertilgt, was ich von gelegentlichen Ausritten als Jagdbeute mitbringe, wie Krümel, die sich zufällig vor seinem Rachen eingefunden haben. Er braucht weder einen Feind noch einen Freund. Ich aber bin mit meinem Hass allein. Nachts liege ich wach und grüble: Sicher hat er eine verwundbare Stelle. Ein lebenswichtiges Organ liegt irgendwo unter seinem Panzer. Wenn ich mit dem Messer, das mir geblieben ist, zwischen den Hornschuppen zustieße ... Ich werfe die Decke von mir, springe auf. Wenn etwas zu finden ist, muss es ja nur gesucht werden. In der Dunkelheit taste ich mich, während mein Herz bis zum Hals schlägt, Schritt für Schritt an seinem Leib entlang. Ich steche zu. – Eine meterdicke Mauer! Kein Wunder, dass ich so zerschlagen am Frühstückstisch sitze, dass mich weder Silber noch Damast, nicht einmal der Anblick der Jungfrau tröstet.

Warum fliehen wir nicht einfach?, fragt sie. Ja, sage ich, das ist eine gute Idee. Als ob ich sie nicht schon hundertmal von ihr gehört hätte, als ob ich nicht schon tausendmal selbst daran gedacht und sie verworfen hätte.

Vielleicht würde er uns nicht einmal verfolgen. Aber keine Nacht könnten wir ihn vergessen. Es kann sein, dass er von allein krepiert, sagt die Jungfrau, eine Hoffnung, die nicht einmal bei ihr selbst Wirkung zeigt. – Dennoch: Auch Drachen sind sterblich. Eines Tages liegt er auf seinem Rücken und schnauft nicht mehr. Unter den Siegen wäre dies der geringste. Ich schämte mich nicht, ihm die blauschwarze Zunge als Trophäe aus dem Rachen zu schneiden. Aber selbst wenn meine Schwäche bloßes Abwarten als Methode nahe legt, so bin ich mir fast sicher, diesen vor Vitalität strotzenden Haufen nicht überleben zu können. Meine Jugend verstreicht. Unter dem Harnisch schwinden trotz intensiver Leibesübungen meine Kräfte. Was könnte ich nicht alles mit ihnen anfangen, statt in höfisch korrekter Sitzhaltung das Frühstück zu zelebrieren? Ein Frühstückchen, das unendlich quälend ist. Auf dem Rücken des Drachens, der aus schierer Unempfindlichkeit stillhält. Vis-à-vis mit den Jahr für Jahr anschwellenden Tränensäcken der Jungfrau über ihrem flehentlich verzogenen Mund. Sie ist so liebenswürdig, so einfühlsam. Niemals lässt sie mich spüren, dass sie enttäuscht sein könnte. Der hübsch gedeckte Tisch, die, wenn es windstill ist, brennenden Kerzen, die minutiös wachsweich gekochten Eier, ganz wie ich es liebe, es könnte mich trösten und ist bis zur Unerträglichkeit peinigend, so dass ich nur einen einzigen Wunsch habe: Das Visier meines Helms, den ich aus Sicherheitsgründen trage, herunterzuklappen, um mir für einen Augenblick einbilden zu können, nicht mehr auf der Welt zu sein.

Rüdiger Kaun
Rechtfertigung der modernen Kunst

Spitzweg, sage ich immer, Spitzweg, der konnte noch malen. Von den alten Meistern rede ich erst gar nicht. Von dem Dürer, Albrecht. Jeder kennt die „Betenden Hände" oder den „Hasen". Wenn man den ansieht, glaubt man, der springt jetzt gleich aus dem Bilderrahmen, damit man ihn streicheln kann.
Wie gesagt, damals konnten die Leute noch malen. Zum Beispiel der Altdorfer. Man muss sich das vorstellen: In einem Format von 70 auf 50 bringt der die ganze Alexanderschlacht unter. Mit wer weiß wie viel Leuten drauf, Pferden, Landschaft und Himmel. Da kann man gar nicht zu Ende gucken. Eigentlich ist es wegen dieses Altdorfers passiert, wegen der vielen Leute drauf. Aber davon wollte ich jetzt nicht erzählen. Obwohl, wenn das nicht passiert wäre, wäre ich nicht in die Abteilung für moderne Kunst versetzt worden. Unwiderruflich. Und ich hätte keinen Grund, mir darüber Gedanken zu machen.
Damit das ein für allemal klar ist. Ich bin ein Freund der Kunst. Ein Kunstliebhaber. Damals, als ich mit der Aufsicht angefangen habe, hätte ich auch eine Stelle im Historischen Museum bekommen können. Faustkeile oder Hellebarden bewachen. Nein danke, habe ich gesagt, ohne mich. Da ist die Kunst doch etwas anderes. Die Kunst erhebt einen oder so.
Im Vergleich zu den anderen, die Aufsicht machen, fange ich nicht schon nach der ersten Stunde an, auf die Uhr zu schauen. Ich scheuche auch nicht die Besucher zehn Minuten, bevor die Lautsprecherstimme zum Ausgang bittet. Ich freue mich über jeden Besucher, der sich

unsere Bilder anschaut. Früher habe ich immer, bevor ich gegangen bin, noch einen Blick auf die zwei Spitzwegs geworfen, die meine Lieblingsbilder sind. Aber das geht nicht mehr. Einmal weil das jetzt einen komischen Eindruck machen würde, zum anderen weil nur noch ein Spitzweg da hängt, nämlich der mit dem Angler drauf. Das Bild mit dem Schmetterlingsjäger ist weg. Wenn man den Spitzweg und die anderen, ich meine die alten Gemälde, mit dem vergleicht, was ich jetzt zu bewachen habe, dann kann man nur den Kopf schütteln. Es gibt Bilder, da ist eigentlich gar nichts drauf. Und davon gibt es gleich vier. Vier gleich große weiße Quadrate. Oder eins, das sieht aus, als habe der Maler alle Farben, die er in seinem Kasten hat, miteinander verrührt und einfach draufgeschmiert. Erkennen kann man auch da nichts. Wir haben ein riesiges Gemälde, das nur blau ist. Wie wenn einer mit dem Anstreicherpinsel über eine halbe Wand gegangen wäre. Da stehen die Leute davor und gucken. Die gehen nicht einfach vorbei, wie man an einer blauen Wand vorbeigeht. Die gucken. Wenn es etwas Erkennbares auf einem dieser Bilder gibt, ist es verschwommen oder schweinisch. Ich würde ja verstehen, wenn sich die Besucher bei den schweinischen gegenseitig in die Seite stoßen und losprusten würden. Aber die schauen ernst und wichtig, als wenn sie in der Kirche oder bei einer Trauerfeier wären.

Am Verrücktesten sind die Skulpturen. Eine heißt „Quelle", die ist ganz berühmt. Ich weiß im Moment nicht, wie der Typ heißt, der auf die Idee gekommen ist. Er hat einfach ein Pinkelbecken aus irgendeinem Klo abgeschraubt und hingestellt. Das ist Kunst. Da ist mir die ausgestopfte Katze, die in einer Vitrine sitzt, lieber, nur dass ihr ein Messer im Kopf steckt. Drunter steht: „Katze mit Messer". Neulich hat mich doch eine Frau gefragt, ob sich der Tierschutzbund nicht gemeldet hätte. Nicht dass ich wüsste, habe ich gesagt. Ich bin ja inzwischen vorsichtig. Nach der Sache mit dem Spitzweg. Bei meiner Versetzung ist mir eingeschärft worden, dass es nicht meine Aufgabe ist, mit den Besuchern Gespräche zu führen. Dafür seien die Kunsthistoriker da. Die hätten schließlich studiert.

Aber manchmal werde ich doch schwach. Und vor gar nicht langer Zeit bin ich dafür sogar gelobt worden. Wir haben da so eine Skulptur oder eine Installation, ich weiß nicht, wie man das nennt. Unser „Mikadospiel". Das ist jetzt nichts anderes, als dieses Spiel, das jeder kennt. Nur dass die Stäbe zwanzigmal so groß sind. Auf den Stäben, die übereinander liegen, stehen englische Wörter, zum Beispiel „LOVE" oder „WAR" und so. Ein freundlicher älterer Herr mit schönen weißen Haaren ist immer wieder drum herumgeschlichen, ist in die Knie gegangen, ist aufgestanden, hat sich noch mal das Ganze von allen Seiten angeschaut, als ob er nicht genug davon kriegen könnte. Und da habe ich ihn gefragt, ob ich ihn etwas fragen dürfte. Yes, hat er gesagt. Er kam nämlich aus Amerika. Und: Bitte. Mit amerikanischem Akzent. Sehr gern. Was finden Sie daran jetzt so interessant?, habe ich gefragt. Very interesting, hat er geantwortet. Es sei großartig, hat er gesagt, und dabei hat er restlos begeistert ausgesehen. Und es sei wirklich terrific. Und dann hat er noch eine Menge anderer Sachen gesagt, die ich aber nicht verstanden habe, weil mein Englisch nur sehr bruchstückhaft ist und sein Deutsch nicht sehr gut war. Ich war verblüfft, dass so ein „Werk" – „Werk" hat er es genannt – einen solchen Schwall von Wörtern auslösen kann. Aber auf meine Frage habe ich keine Antwort gekriegt.

Später ist Dr. Müller, einer unserer Kunsthistoriker, bei mir aufgekreuzt und hat mich gefragt, ob ich den Professor Soundso angesprochen hätte. Ich hatte ja keine Ahnung, dass der Herr mit den weißen Haaren ein Professor ist. Zuerst habe ich natürlich gedacht, jetzt bist du dran. Nach der Sache mit dem Spitzweg. Und Erika, der ich abends die Geschichte erzählt habe, hat sich vor die Stirn geschlagen und gemeint: Wie kann man so blöd sein! – Von wegen! Der Professor aus Amerika war beeindruckt. Dass das Aufsichtspersonal so interessiert sei, fand er terrific. Und in den Staaten sei das nicht so. Dr. Müller hat mich kopfnickend angeschaut. Es hat nur noch gefehlt, dass er mir auf die Schulter klopft. Da haben wir ja den rechten Mann am rechten Platz, hat er gesagt. Ich bin mir dabei wie ein Heuchler vorgekommen. Nein, hätte ich sagen müssen. Aber ich habe nichts gesagt. Ich hätte sagen müssen, dass es eine Tortur ist, von zehn Uhr bis achtzehn Uhr, abzüglich einer Stunde Mittagspause, dieses Zeug zu bewachen und zuzusehen, wie die Besucher voller Ehrfurcht durch die Räume schleichen. Bei den Führungen lauschen sie, als wenn eine Offenbarung verkündigt würde. Es gibt welche, die schreiben sogar mit. Ich verstehe gar nicht, was da erzählt wird. Warum das so bedeutend sein soll. Zum Beispiel die Katze mit dem Messer im Kopf. Das soll etwas mit der Kreatur und unserer Zivilisation zu tun haben. Für mich ist das nur eine Sauerei. Eines Tages werde ich so eine Führung unterbrechen. Ich werde den Leuten sagen, was eigentlich los ist. Aber wenn ich das Erika erzähle, greift sie sich nur wieder an den Kopf. Dazu müsstest du studiert haben oder ein Buch geschrieben haben. So bist du deinen Job endgültig los. – Aber wenn ich studiert hätte, sage ich zu ihr, dann würde ich vielleicht nicht mehr sehen, was ich jetzt sehe, und dann würde ich keine Lust mehr haben, so eine Führung zu unterbrechen.

Es hat alles mit dem Altdorfer angefangen. Mit dieser „Alexanderschlacht". Und damit, dass mich eine ältere Dame, Marke Lehrerin, angesprochen hat. Sie wollte wissen, wo denn nun unter all den vielen Soldaten der Alexander und wo der Perserkönig sei. Natürlich weiß ich genau, wo die beiden in dem ganzen Getümmel stecken. Ich habe mir das Bild oft genug haarklein angeschaut. Aber die Dame hatte wahrscheinlich ihre Brille vergessen. Jedenfalls hat es endlos gedauert, bis sie wenigstens einen der beiden gefunden hat. Und in der Zeit, in der sie immer wieder an meinem Zeigefinger entlang den Alexander zu entdecken versucht hat, ist es passiert. Im Saal nebenan. Wo ich eigentlich Aufsicht hatte. Ich höre Füße trappeln, sage noch „Verzeihung", und nichts wie rüber. Und da sehe ich es, dass ein Spitzweg, der linke, fehlt. Die Bilder von ihm sind so klein, dass man sie unter die Jacke stecken kann. Warum der Alarm nicht von selbst angegangen ist, weiß ich nicht. Ich habe ihn sofort ausgelöst, aber es war zu spät. Ich war – das hat nachher die Lehrerin bestätigt – nicht auf meinem Posten.

Natürlich muss ich zufrieden sein, dass sie mich nicht fristlos entlassen haben. Der Direktor hat mitgekriegt, dass ich ein Herz für die Kunst habe und dass Erika arbeitslos ist. Aber die Vorstellung, dass ich mir die nächsten zehn Jahre – denn so lange dauert es noch, bis ich Rente kriege – dieses Zeug ansehen muss, ist nicht lustig. Und schweigen zu müssen.

Natürlich versuche ich auf andere Gedanken zu kommen. Zum Beispiel träume ich davon, einmal einen ganzen Tag die „Mona Lisa" bewachen zu dürfen. Ich weiß, dass das ein Traum bleiben muss. Die hängt in Paris und Französisch kann ich nicht. Oder ich wünsche mir, dass mehrere Kollegen gleichzeitig die Grippe bekommen, damit ich wenigstens zeitweise einen bei den alten Meistern vertreten kann. Wenn alles nichts hilft, tröste ich mich damit, mir die Beine der jungen Besucherinnen anzuschauen. Aber die Frage bleibt: Wie ist es möglich, dass ein Haus, das immerhin mal einiges gekostet hat und immer noch kostet, mit solchem Kram vollgestellt wird?

Du musst es mal von einer anderen Seite betrachten, sagt Erika, der ich mit dieser Frage auf die Nerven falle. Der Sinn der modernen Kunst besteht darin, dass du einen Arbeitsplatz hast, bei dem du nicht aufpassen musst. Die Sachen klaut keiner.

Wolfgang Kaufmann
Marokkanische Lehrzeiten

1.

In meinen jungen Jahren habe ich einige, sagen wir mal, originelle Entscheidungen getroffen. Die, mein Praktikum für ein Tief- und Bergbaustudium in Marokko zu absolvieren, gehörte zweifellos dazu.

Es war das Jahr 1957. Der Befreiungskampf der Marokkaner gegen Frankreich und Spanien ging seinem Ende zu. Spanien hatte die winzigen Enklaven Ceuta und Melilla am Mittelmeer behalten.

Dem neuen König Mohamed V. war es gelungen, die Macht in einer fast unblutigen Revolution zu erringen. Noch gab es kleinere Nachbeben im Hinterland. Überlandbusse im Atlas wurden bisweilen von bärtigen, bewaffneten Turbanträgern angehalten und mit finsterer Miene überprüft. Die großen Städte hatten für Europäer kaum Problemzonen. Immerhin tat man gut daran, seinen Pass griffbereit zu haben.

Als ich das Schiff in Casablanca verließ, war meine erste Station Rabat. Hier lebte mein Onkel. Er war mit einer Französin verheiratet und hatte ein abenteuerliches Leben hinter sich. Die beiden und ihr Sohn, mein Vetter Billi, nahmen mich auf, als gehörte ich von jeher zur Familie. Zwanzig Jahre alt, hatte ich außer dem Abi (das in einem Bergwerk von eingeschränktem Nutzen ist) lediglich ein paar Erfahrungen als Hilfsarbeiter auf deutschen Baustellen vorzuweisen. In meinem Gepäck befand sich darüber hinaus noch ein Kornett.

Fünf Wochen gammelte ich in der Metropole. Auf den ersten Blick war Rabat eine urfranzösische Stadt. Die schönen Boulevards, die von prachtvollen Geschäften, Banken und Hotels gesäumt wurden, trugen französische Namen. Mehr oder weniger taktvoll dominierte die weiße Oberschicht die Geschäfte der Innenstadt, die vielen Bars und Restaurants. Gnädig wurde der junge Lulatsch aus Deutschland in ihren Reihen geduldet. Die farbigen Bewohner hingegen, besonders die älteren, begegneten dem jungen Burschen, der ihre Sprache noch nicht beherrschte, geradezu unterwürfig.

Genau so merkwürdig, wie die zur Schau getragene Arroganz mancher Franzosen wirkte auf mich in diesen ersten Tagen die lethargische Haltung der arabischen Bevölkerung. Von Begeisterung keine Spur. Für sie hatte sich nichts geändert. Die königliche Revolution war fast unbeachtet über sie hinweg gegangen. Alte Gärtner, die vor dem Palast ihres Königs im Gras saßen und mit Papierscheren seinen Rasen trimmten, grüßten den jungen Spund aus Deutschland respektvoll, weil seine Haut weiß war.

Die Abende verbrachte ich in einem feudalen französischen Studentenclub, in dem ich schon nach wenigen Tagen in einer kleinen Band Trompete spielte. Es handelte sich bei dem Gebäude um ein Miniaturchalet, in einem Palmengarten gelegen. Jeden Nachmittag kam ein alter Marokkaner und sorgte für die allgemeine Sauberkeit und Feuer im offenen Kamin. Solche Gediegenheit, Parkettböden, dunkle Ledergarnituren, die hell polierten Messingbeschläge an der Bar hatte ich bisher nur im Kino gesehen. Wir hatten einen guten Pianisten, einen mäßigen Schlagzeuger und den lausigen Trompeter. Letzterer fand jedoch rasch heraus, dass auch weniger talentierte Musiker ihre Groupies anziehen. Nach einer Woche im Club hatte ich einen persönlichen Fan, eine junge französische Lehrerin. Mein Onkel hatte mir ein altes Motorrad besorgt. Obgleich noch Winter war, zeigte sie mir sonnige Winkel in der Stadt und im Hafen von Saleh, auf die ich allein nie gestoßen wäre.

Ohne es zu wissen war ich in eine Übergangsphase zweier Nationen getappt – ein seltsames Vakuum der

Macht. Obwohl in Rabat der Marokkaner Mohamed der Fünfte regierte, wurde die gesamte Verwaltung der Stadt (wahrscheinlich auch der ländlichen Gebiete) von französischen Beamten erledigt. Der intelligentere Teil wusste, dass er auf einem angesägten Ast saß. Die Anderen benahmen sich rüde, als befänden sie sich im tiefsten französischen Hinterland. Den neuen König auf dem Thron der Alewiten betrachteten sie als eine Art Frühstücksdirektor, der an den Führungsstrukturen im Land nicht das Geringste ändern würde – ein Irrtum.

Auch die Studenten des Clubs, die tagsüber an den Hochschulen von Rabat studierten, wussten, dass eine Wende bevorstand. Sie waren in Marokko geboren und fragten sich, ob sie ihr Studium an der Universität der Hauptstadt noch abschließen würden. Bei einem Glas Bier meinte einer, schon im nächsten Jahr könne es in Marokko vorteilhafter sein, die deutsche Nationalität zu besitzen. Das war bereits an jenem Abend so.

Das französische Establishment der Hauptstadt saß jeden Abend in den überfüllten Bars und trank seinen Pernod. Die abgestellten Autos und Motorräder versperrten in wilden Pulks die herrlichen Boulevards. Wenn ich die Fünfhunderter-BMW meines Onkels ausmachen konnte, wusste ich, an welcher Theke er stand und wurde zu einem Bier eingeladen. Bei Freund und Feind herrschte eine Art Endzeitstimmung, von der die ländlichen Gebiete, in denen ich bald arbeiten würde, meilenweit entfernt waren.

Onkel Otto war ein deutsches Raubein, das zur Fremdenlegion gegangen war und in Nordafrika seine Dienstzeit abgerissen hatte. In seinem eigenen Laden in der Innenstadt war er auf Ersatzteile von Autos und Motorrädern der Marke BMW spezialisiert. Auch er sah nicht voraus, dass er dem Exodus der Franzosen folgen und auf seine alten Tage mit seiner Frau nach Frankreich übersiedeln würde.

2.

Nach der mit leidlichem Eifer betriebenen Suche hatte ich einen Arbeitsplatz bei einer Baufirma ergattert. Die Stelle befand sich jedoch nicht in Rabat, sondern in Khuribga, einer winzigen Minenstadt auf einem Hochplateau, das dem Atlas vorgelagert ist. Besonders mein Vetter Billi, der es gut mit mir meinte, riet mir ab, den Job anzunehmen. Khuribga läge am Arsch der Welt. Kein Nachtleben, keine Frauen und noch ein paar andere Punkte. Ich fand bald heraus, dass er in jedem Recht behielt.

Meine Firma in der Minenstadt hatte den bezeichnenden Namen Travaux-Souterrain. In der deutschen Übersetzung bedeutet das: Tiefbau. Und es umriss genau die Aufgabe, die diese Firma in den Stollen des dortigen Phosphatbergwerks zu verrichten hatte. Sie war ein Subunternehmen und legte Gleise, betonierte den Untergrund und erledigte unter Tage eine Menge von Erdbewegungen.

Der Chef, Monsieur Gerain, war ein jugendlicher, fairer Typ, knapp über vierzig und ich weiß nicht was die Zentrale ihm über mich aufgetischt hatte. Als er mich sah, mager wie eine Heuschrecke, mit einer Länge von eins-neunzig und der Vorstellung bei ihm zusammen mit den Farbigen unter Tage zu malochen, machte er das Beste aus der Sache, was hieß, er schickte mich nicht sofort zurück.

Travaux-Souterrain verfügte über marokkanische Arbeitsteams von jeweils sechs bis acht Mann. Sie hatten leichte Presslufthämmer, Schubkarren und Schaufeln und mein neuer Boss sagte, es sei ganz undenkbar, dass ich, wie in Deutschland, in einer solchen Gruppe mitarbeite. Allenfalls könne er mich als Stagiaire, die französische Bezeichnung für einen Praktikanten aufnehmen. Besser als nichts. Die Bezahlung allerdings betrug kaum mehr als ein Taschengeld. Ich versuchte ihm klar zu machen, dass ich darauf angewiesen war, meinen Unterhalt selbst zu bestreiten, musste aber feststellen, dass in diesem Punkt nicht mit ihm zu handeln war.

Nach kurzer Beratung beschloss er, mir ein eigenes Haus zur Verfügung zu stellen – kostenlos. Klang nicht übel. Wir fuhren einen Kilometer aus dem Ort und kamen zu einem schlecht eingezäunten Terrain in der Größe zweier Fußballfelder. Mein Haus war eines von einem Dutzend garagengroßer Gebilde aus Beton, die willkürlich im Gelände verteilt waren. Zwischen ihnen kcin Baum oder Strauch, nur Sand und Steine. Die Tür und das einzige Fenster des Domizils waren aus Eisen, die Scheibe immerhin aus Glas. Hinter meinem Heim war ein Kubus wie ein Schilderhaus angeschlossen, auch aus Beton. Im Boden hatte er ein Loch und an der Decke einen Wasserschlauch. Der Schlauch diente zum Duschen oder wenn man sonstwie Wasser brauchte. Im Loch verschwanden die Exkremente. Möbliert war es mit einem Feldbett, einem Tisch, einem Stuhl. Junge Menschen sind nicht anspruchsvoll. Ich war zufrieden. Monsieur Gerain kam noch einmal und brachte mir ein paar alte Decken. Es war Februar und die Nächte waren kalt. Wäscheleinen mit Kleidungsstücken hinter den anderen Häusern zeigten, dass sie bewohnt waren. Eine dralle Nachbarin kam und stellte mir ungefragt einen Besen zur Verfügung. Sie war weiß und lebte mit ihrer Familie im Nebenhaus. Anscheinend war sie froh, auf eine zweite Weißhaut in diesem schwarzen Ghetto zu stoßen. Ihr Mann, ein Franzose, arbeitete als Vermesser bei der Souterrain. Sie riet mir beim ersten Mal gründlich zu kehren. Nach ein paar Minuten wusste ich, was sie gemeint hatte. Nacheinander hatte ich drei Skorpione an die frische Luft befördert. Ich lernte, dass der Stich der hiesigen Exemplare schmerzhaft ist, aber in seiner Giftigkeit überschätzt wird. Kakerlaken sind unangenehmer. So hatte ich meinen ersten Job.

Jeden Morgen fuhr ich in die Mine. Im Gegensatz zu heute wurde das Phosphat in Khuribga unter Tage und in einer Tiefe von nur dreißig Metern abgebaut, in Säcke gefüllt und nach Casablanca verfrachtet. Mein Boss erklärte mir, dass Stollen, die sich so dicht unter der Erdoberfläche befinden, ungleich gefährlicher seien als solche, die um das zehn- oder zwanzigfache tiefer lägen. Es wurde viel Holz gebraucht, um die Decken abzustützen. Aber diese Problematik stellte sich uns nicht. Wir waren nur für den Tiefbau zuständig. Stützen und Pfeiler standen bereits und waren von der mächtigen Bergwerkgesellschaft Khuribgas der OCE (Office Cherifien des Phosphates) gesetzt worden.

In einem der Bistros, in dem ich, wenn ich genug Geld hatte, eine Mahlzeit verdrückte, traf ich auf Jean-Pierre, einen jüngeren Franzosen, dessen Vater noch in Rabat wohnte. Sein Alter hatte dort einen wichtigen Posten. Jean-Pierre hatte die Schule geschmissen, deswegen Krach mit seinen Eltern und zurzeit in einem Unternehmen in Khuribga einen schlecht bezahlten Job. Auch er genoss keine der Privilegien der OCP und langweilte sich. Hin und wieder tauchte er in meinem Betonheim auf und klimperte auf einer Gitarre, die ich aus Rabat mitgebracht hatte. Er war ein schmächtiger gut aussehender Junge und beschwerte sich häufig über die Anmache schwuler Ärzte und Polizisten.

Etwas anderes freute mich. Meine Fähigkeit, Französisch zu sprechen, verbesserte sich rapide. Obwohl bei einigen meiner vielen Schulen auch diese Sprache auf dem Stundenplan gestanden hatte, war ich eine absolute Null und konnte mich in den ersten Wochen in Rabat nur mit Englisch behelfen. In der Minenstadt war das anders. Es hieß friss oder stirb. Niemand sprach mir zuliebe englisch. Und siehe da, es ging. Hin und wieder hatte ich unsere alte Lehrerin in Deutschland vor Augen. Die Grundlage, die sie gelegt und ich so wenig genutzt hatte, schien zu explodieren. Da ich mit Jean-Pierre auch über andere Dinge als die Bedeutung der Phosphatgewinnung sprach, merkte ich, wie sich mein Sprachschatz erweiterte.

Es war kalt. In vielen Nächten lag die Temperatur unter Null Grad. Manchmal lag leichter Schnee, der bis Mittag verschwunden war. Am Tag wich zwar die Kälte, aber der schneidende Wind machte das bisschen Wärme zunichte. Ich war froh, dass ich den dicken Pullover, der noch aus Deutschland stammte, nicht weggeworfen hatte. Bei dieser Wetterlage machte es Vergnügen, in die Mine einzufahren. Unter Tag war es angenehm warm.

An Jean-Pierres Besuche hatte ich mich gewöhnt. Als er an ein paar Abenden nicht erschien, wurde ich neugierig und machte mich auf die Suche. Durch die Straßen fegte ein kalter Wind. Ich fand ihn in seiner Bude am anderen Ende der Stadt. Er war zuhause und lag apathisch auf seinem Bett. Er hatte sich etwas in den Fuß getreten und der Wunde keine weitere Aufmerksamkeit geschenkt. Auch ohne medizinische Vorbildung erkannte ich, dass sich der Schnitt böse entzündet hatte. Er entschuldigte sich, wegen der Lappalie im Zimmer zu bleiben, aber er könne nicht richtig auftreten. Ich wies ihn an, seine Jacke anzuziehen. Verschwitzt, wie er war, setzte ich ihn dann hinter mich auf mein Motorrad und beschloss ihn ins Krankenhaus zu schaffen. Fehlanzeige – das Krankenhaus weigerte sich, ihn aufzunehmen. Wir waren beide nicht bei der OCP beschäftigt. Das rächte sich jetzt. Also fuhren wir zum allgemeinen Krankenhaus für jedermann – eher eine Ambulanz. Sie war während der Nacht geschlossen. Vor der Tür saß eine dunkelhäutige Marokkanerin mit drei kleinen Kindern und wartete auf den Morgen. Sie saßen eng neben einander. Das Tuch ihrer schwarzen Dschellaba musste für alle vier herhalten. Zwei schliefen, eines atmete röchelnd. Es schien sehr krank zu sein. Sie warteten geduldig, bis die Ambulanz geöffnet würde. Ich fuhr zurück zum Krankenhaus der OCP. Mittlerweile war ich überzeugt, dass Jean-Pierre ziemliches Fieber hatte. Ich besorgte mir zwei Telefonnummern, ließ ihn vor dem Krankenhaus zurück und düste zum Postamt mit der einzigen Telefonzelle der Stadt. Mit der ersten Nummer weckte ich Jean-Pierres Vater in Rabat und gab ihm Nummer zwei. Als ich wieder bei meinem kranken Freund war, warteten wir noch fünf Minuten. Der Vater hatte ganze Arbeit geleistet. Dann wurde eine Seitentür geöffnet, und eine Schwester winkte uns, herein zu kommen. Jean-Pierre lag nicht im Sterben, hatte aber eine Blutvergiftung, die den ganzen Fuß befallen hatte. Man erklärte mir, das Haus hätte ein neues Heilmittel. Der Name sei Penizillin.

Zum Geld hatte ich eine verklemmte Einstellung. Niemand sollte wissen, wie wenig ich davon hatte. Auch zuhause hatten wir Buben selbst für Taschengeld gesorgt. Mein jüngerer Bruder meist umsichtiger als ich. Mein Vater war freischaffender Journalist und verantwortlich für das Feuilleton der Wochenzeitung Christ und Welt. Das Geld reichte für die elementaren Bedürfnisse der Familie. Nach Marokko konnten sie mir nichts schicken. Es war mir undenkbar, zuhause um Geld zu bitten. Also war Schmalhans Küchenmeister. Oft bestand mein Abendessen aus einer Handvoll Erdnüsse, die mir der Händler in einer selbstgedrehten Tüte aus einer alten Zeitung überreichte. Monsieur Gerain, mein Boss bei der Travaux Souterrains, sah sich das eine Zeit an. Dann fragte er mich, ob ich die Massenberechnungen für unsrc Erdbcwcgungen im Stollen machen könne. Natürlich konnte ich. Es war die stumpfsinnige Addition von Zahlen, die dann multipliziert und wieder geteilt werden mussten. Nicht meine Lieblingsbeschäftigung. Es gab ja keine Taschenrechner. Aber an den Abenden hatte ich wahrhaftig genügend Zeit. Auf diese Weise konnte ich mir auch wieder Benzin für mein Motorrad kaufen.

3.

Monsieur Gerain beriet mich nicht nur bezüglich der Massenberechnungen, er gab mir auch Ratschläge in Bezug auf mein Sexualleben. Er warnte mich vor den farbigen Mädchen. Die Gefahr bestünde, dass man sich fürchterliche Krankheiten holte. Und er warnte mich vor den Töchtern der weißen Oberschicht. Das seien Zicken, die nichts mit sich anfangen ließen. Mein Augenmerk solle ich da lieber auf die verheirateten Frauen richten. Hier hätte ein findiger junger Mann wie ich seine Chancen. Um es vorweg zu sagen, die Damen standen nicht Schlange.

Die kalten Monate waren vorbei und die Hitze wurde spürbarer, als es die Kälte gewesen war. Mit jedem Tag stiegen die Temperaturen. Ich hatte so viel Zeit, weil ich mich an den Vergnügungen der anderen Jugendlichen nicht beteiligen konnte. Mit der Zulage aus dem Geld für die Massenberechnung hätte ich mal ins Kino, in die Bibliothek oder auch ins Schwimmbad gehen können. Aber all das war für mich tabu. Diese Orte des Vergnügens standen nur den weißen Familien der OCP zur Verfügung. Also lebte ich nicht nur in einem Ghetto, ich hatte auch vollen Anteil an den Privilegien der farbigen Unterschicht.

Der Frühsommer war gekommen. Die kleinen Betonkuben, in denen wir lebten, erwiesen sich als erfolgreiche Hitzespeicher. Gegen acht Uhr am Abend mochte die Wärme im Zimmer um die sechsunddreißig Grad betragen, um Mitternacht satt über dreißig. Das öffentliche Schwimmbad der OCP war nur einen guten Kilometer von meinem Heim entfernt und schloss um neun Uhr abends die Pforten. Eine Stunde später war Nacht. Für meine langen Beine keine Entfernung. In der Umzäunung fand ich einen Riss, der es erlaubte sich hindurch zu zwängen. Eigentlich recht einfach, und so war ich nicht erstaunt, auch andere schemenhafte Schwarzfahrer, ausnahmslos Farbige, vorzufinden. Man durfte nicht gehört werden, denn die Anlage wurde über Nacht von zwei Wärtern bewacht. Aber im Allgemeinen dösten sie in einer der Umkleidekabinen. Und so konnte ich zusammen mit den drei oder vier anderen Gespenstern fast jeden Abend eine Übung im Leiseschwimmen absolvieren. Ein paar Mal bemerkten uns die Typen dann doch und begannen ein Kesseltreiben. Aber da das Bad keine elektrische Beleuchtung und die Herren keine Taschenlampen hatten, gelang uns jedes Mal die Flucht. Ich glaube, die Burschen wollten uns gar nicht erwischen. Sie mussten sich ja Gedanken gemacht haben, wie wir aufs Gelände gekommen waren. Der Riss im Zaun jedenfalls wurde nicht geflickt. Nach einem unserer hastigen Rückzieher drückte mir ein breitschultriger Schwarzer in meinem Alter, den ich schon öfters bemerkt hatte, außerhalb des Zauns etwas in die Hand. Wir waren gerade dabei unsere Kleidung überzustreifen. Es waren meine Sandalen, die ich in der Eile zurückgelassen hatte. Es wäre ein herber Verlust gewesen. Sie waren mein einziges Schuhwerk.

Überhaupt musste ich einige Einbußen hinnehmen. Zuerst war es mein Wecker, der das zeitliche segnete, dann die Armbanduhr. Ich musste aber jeden Morgen um halb sechs an der Haltestelle auf den Bus warten, der in die Minen fuhr. Notgedrungen lernte ich, mich auch ohne Zeitangabe auf den Weg zu machen. Heute noch staune ich über meine damalige Fähigkeit, rechtzeitig aus dem Bett zu kommen. Ich kann mich jedenfalls nicht erinnern, einen Bus versäumt zu haben.

Vier Monate vergingen und mein Boss rief mich mal wieder zu sich. Er überreichte mir ein recht ordentliches

Zeugnis über meine Zeit bei der Firma. Gleichzeitig eröffnete er mir, dass der Auftrag von Travaux Souterrains bei der OCP zu Ende ging. Das war also das Ende meines Praktikums und ich brauchte noch sechs Monate mehr. Aber er beruhigte mich. Da er das wusste, hätte er bereits mit der OCP gesprochen. Man sei auch dort bereit, mich als Stagiaire zu übernehmen. Mir fiel ein Stein vom Herzen.

4.

Ab jetzt begann eine neue Epoche. Es war ein Aufstieg, auch wenn ich als Praktikant der OCP nicht einen Franc mehr verdiente. Als erstes zog ich um. Mein Betonhaus am Rande der Stadt musste ich verlassen und erhielt ein Zimmer im zentral gelegenen Hotel de Paris. Nach unseren Maßstäben ein Gasthof mit einer knappen Handvoll von Räumen für seine Gäste. Die Gemeinschaftstoilette befand sich auf dem Flur. Mein Zimmer hatte den Luxus einer privaten Dusche. Was ich jedoch nur am Rande erwähne, weil aus dem Duschkopf selten Wasser kam. Ich lernte rasch, dass man sich durch die Küche in einen Innenhof begeben musste. Dort wurde mit einer Zugleine ein lauter Zweitaktmotor gestartet, der den Wasserdruck erhöhte. War man bis zu diesem Punkt gediehen, sollte man nicht trödeln, denn der Motor war im ganzen Haus zu hören. Die anderen Gäste würden, was immer sie gerade machten, unterbrechen und anfangen zu duschen. Was dazu führte, dass der Wasserstrahl trotz Pumpe recht dünn wurde.
Auch wenn niemand den Ablauf meines Praktikums mit mir besprach, hatte sich wohl irgendwer Gedanken gemacht, wie man den deutschen Volontär am zweckmä-

ßigsten weiterbilden würde. Meine Arbeit änderte sich, wenn auch der zeitliche Ablauf der gleiche blieb. Sechs bis vierzehn Uhr.

Das Management der OCP lag natürlich in französischer Hand. Die Herren nahmen mich kaum zur Kenntnis. Niemand erklärte mir den Fahrplan, den es zweifellos für mich gab. Einzig Achmed, ein weißhäutiger Marokkaner (später erfuhr ich, dass er aus Algerien stammte) kam auf mich zu und erklärte mir, wo ich mich am nächsten Morgen einzufinden hätte.

Beim ersten Abschnitt der neuen Ausbildung unter Tage lag mein Arbeitsplatz vor Ort. Mit einem Förderkübel fuhr man durch den Schacht ein und folgte kilometerlangen Gleisen. In jeder Lore saßen drei bis vier Mann. So tief war ich vorher noch nicht ins Herz des Abbauzentrums gelangt. Sobald man den Hauptstollen verließ, begann sich die Deckenhöhe zu verändern. In unserem Bereich zwischen zwei-Meter-fünfzig, manchmal bis unter ein-Meter-sechzig. Die farbigen Mineure waren ein kleiner zäher Menschenschlag. Sie arbeiteten hart und gleichmäßig, wie Pferde im Gespann. Die Bezahlung für die Männer betrug in D-Mark umgerechnet etwas über zwanzig Pfennige pro Stunde – auch im Jahr 1957 kein Spitzenlohn.

Neben dem eigentlichen Abbau des Phosphats gab es zwei andere Aufgaben. Transportstollen mussten gegraben werden und von Zeit zu Zeit ein neuer Schacht von oben, damit die Transportwege unter Tage nicht zu lang wurden und etwas Luft in die Stollen kam. Meine erste Aufgabe war es, dafür zu sorgen, dass die Trasse des Transportstollens schnurgerade verlief. Dazu hatte ich ein primitives Vermessungsgerät, mit dem ich die Mitte des Gangs zentimetergenau festlegte. Ich wunderte mich, dass meine Arbeit zweimal in der Woche von einem älteren Vermesser kontrolliert wurde, der dann neben mir auftauchte. Wie wichtig diese Exaktheit war sollte ich erst später begreifen. Der gut drei Meter hohe Stollen wurde mit dem Presslufthammer oder Sprengstoff vorangetrieben, mit Schienen bestückt und lief stets ein paar hundert Meter vor dem tatsächlichen Abbau her.

Die faktische Arbeit der Phosphatgewinnung spielte sich also neben den Transportstollen ab. In den flachen Flözen wurde das Mineral mit der Hand abgebaut. Die Kompressoren tuckerten ungleichmäßig und spuckten ihre Dieselabgase aus. Die Presslufthämmer dröhnten ohne Pause. Die Hitze war fast unerträglich. Die Arbeiter trugen nur Unterwäsche. Das abgebaute Phosphat war geruchlos, die Männer nicht. Nach vier Stunden wurde eine kurze Pause eingelegt. Die Bergleute aßen oder rauchten ihre Kiffpfeifen. Ständig bedrängten sie mich, es ihnen gleich zu tun. In meinem Elternhaus war ich prüde erzogen worden. Sex und Rauschgift waren tabu. Letzteres Verbot wurde von mir befolgt.

Die Flöze waren endlose Flächen aus kompaktem Phosphatsand. War der abgebaut, musste die Steindecke darüber mit Holzbalken abgestützt werden. Das ausgebeutete Gebiet unter Tage war stets von einem Transportstollen durchzogen. In meinem Abschnitt befanden sich rechts und links neben den Gleisen weite leergeräumte Flächen. Sie hatten die mehrfache Größe von Fußballfeldern. Schwarz und drohend blickten sie uns an. Nur über dem Gleis lief ein einsames Elektrokabel mit spärlichem Licht. Im ganzen Umkreis war die Phosphatschicht restlos abgebaut worden. War man allein, herrschte eine merkwürdige Stille. Ohne den Arbeitslärm hörte man das flüsternde Ächzen von hunderten von Balken, die den Fels über uns abstützten. Unter dem immensen Druck fingen einige an, leise zu splittern. Holz war in dem fast waldlosen Marokko ein teurer Rohstoff. Wohlweißlich hütete ich mich, von den mehrfach überbauten Gleisen der Trasse abzuweichen.

5.

Zwei Aufseher kamen – große Kerle, Berber, Spezialisten für die Deboisage, das französische Wort für Entholzung. Es ging um das Rausholen möglichst vieler Holzpfeiler aus dem Gefahrengebiet, bevor man die Decke einstürzen ließ. Sieben Kumpel des Teams warteten im Stollen, in den Händen hielten sie jetzt keine Presslufthämmer sondern Äxte. Der achte hatte sich am Fuß verletzt und würde bei mir am Gleis bleiben. Dann bemerkte ich eine Geste, die ich so nur ein einziges Mal erlebte. In Richtung Osten gewandt, verharrten sie einige Sekunden schweigend und blickten auf ihre Hände, die bis zur Leibesmitte erhoben waren. Ein gemeinsamer Gruß an Allah.
Die Berber begaben sich nun in die ächzenden Hallen und markierten bestimmte Pfeiler mit einem Farbklecks. Bereits diese Maßnahme kam mir mutig vor. Doch dann pfiff einer der beiden auf einer silbernen Schiedsrichterpfeife und die sieben Männer stürzten sich in den sterbenden Wald. Mit geschickten Axthieben kürzten sie jeden der gekennzeichneten Pfeiler oben oder unten, bis sie ihn herausnehmen konnten. Sie wurden in den Stollen geschmissen und von dem Zurück gebliebenen und

mir auf einem Haufen gestapelt. Und wieder ging es in die Gefahrenzone. Durch die herausgeholten Hölzer wuchs die Last auf den verbliebenen Pfeilern. Teile der Decke begannen sich herabzusenken. Große Felsbrocken fingen an, sich zu lösen und immer noch arbeiteten die Männer um möglichst viel von dem teuren Holz zu retten.

Obwohl ich mich zwischen den Gleisen im sicheren Bereich des abgestützten Stollens befand, machte sich in mir eine unbeschreibliche Angst breit. Mein Verstand sagte, dass mir zwischen den beiden Berbern und dem Verletzten an diesem Platz nichts passieren würde. Dennoch konnte ich mich gegen das Gefühl nicht wehren. Um nichts in der Welt wäre ich in diese Gefahrenzone gegangen, nur um ein paar lausige Holzbalken für die OCP zu retten. Endlich erscholl ein gellender Pfiff. Erleichtert dache ich, er zeige das Ende der Deboisage an. Irrtum, es ging erst los. Hatten die Männer gerade noch im Akkord gearbeitet, legten sie jetzt ein geradezu mörderisches Tempo vor. Die Balken, die jetzt in den Stollen flogen, wurden zu sieben kleinen Stapeln und trugen keine roten Markierungen mehr. Auf meine dumme Frage erklärte einer der Berber, dass die Männer ab dem zweiten Pfiff auf eigene Rechnung arbeiteten. Jeder jetzt gerettete Stamm würde ihnen von der OCP gegen Bares abgekauft.

Die Grubenlampen der wild arbeitenden Männer standen auf dem Boden. Bei ihrem spärlichen Licht sah es aus, als seien sie meilenweit entfernt. In einem Abschnitt der leeren Fläche brachen die letzten Stempel. Dort senkte sich bereits die gesamte Decke. Es geschah fast lautlos. Wie durch ein Wunder war keiner vom

Team betroffen. Der Verletzte befand sich jetzt ebenfalls in der Todeszone, humpelnd half er seinen Gefährten. Unter dem abgesicherten Stollen hatte ich alle Hände voll zu tun um das herein geschleuderte Holz auf den jeweils richtigen Haufen zu schlichten. Das war gut. Es lenkte mich etwas von meiner Panik ab. Dann begannen die beiden Berber vereint zu pfeifen.

Ein schriller Laut, der das Arbeitsgetöse und das Geräusch der berstenden Balken übertönte. Ich muss sagen, die zwei Burschen hatten Autorität. Alle Männer stellten auf einen Schlag die Arbeit ein und preschten zwischen den verbliebenen Stempeln hindurch in Sicherheit. Bei dem letzten fluchtartigen Rückzug hatten sie nur die Äxte und die Lampen bei sich – aber, und das war schließlich das Wesentliche – sie waren vollzählig. Dann senkte sich die Decke endgültig. Ich hatte mit einem infernalischen Krachen gerechnet. Irrtum – mit einem tiefen Seufzer und einem sanftem Luftstoß, der jedoch ausreichte die Lichter der meisten Grubenlampen zu löschen, war die Deboisage beendet. Es war die gefährlichste Arbeit, die ich bislang gesehen hatte. Jedes Jahr gab es Tote. Kam ein Kumpel nicht schnell genug unter den rettenden Bereich der Stollen, wurde nicht mehr nach ihm gesucht.

Tags darauf sprach ich kurz mit Achmed über das Erlebte und meinte, in Deutschland sei kein Arbeiter so mutig, unter einer einstürzenden Felsdecke nach Holzbalken zu jagen. Erst schwieg er. Kismet, meinte er dann, Moslems wüssten, dass ihr Schicksal von Allah vorherbestimmt sei. Zweifelnd blickte ich ihn an. Ob er auch an den Kismet glaube, fragte ich ihn. Sein älterer Bruder, meinte er mit tonloser Stimme, sei vor fünf Jahren mit zwei weiteren Kumpeln bei der Deboisage unter herabstürzenden Felsen begraben worden. Ich schwieg, weil ich meinen Ohren nicht traute. Ja, meinte er nach einiger Zeit, an den Kismet glaube er schon, aber trotz Allahs Vorsehung solle man den Tod nicht herausfordern.

6.

Als Stagiaire der OCP hatte ich mit einem Schlag die Privilegien, die ich bei der Travaux Souterrain, als ich noch in meiner Heimstatt aus Beton lebte, so sehr vermisst hatte. An erster Stelle kam natürlich das Schwimmbad. Der Eintritt war kostenlos. Kam ich um halb drei am Nachmittag aus der Mine und erreichte mein Zimmer, lag ich eine halbe Stunde später neben dem klaren Wasser in der Sonne. Ich schloss die ersten Bekanntschaften, lernte Volleyball spielen und nach einiger Zeit sogar vom Dreimeterbrett ins Wasser zu springen.
Als ich das erste Mal an einem Donnerstag kam, war ich erstaunt, nur in farbige Gesichter zu blickten. Auch die Anwesenden musterten mich verwundert. Keiner meiner Bekannten war zu sehen, genauer, in der Anlage war ich der einzige Weiße. Nur Männer . Einige spielten Volleyball. Den besten Spieler kannte ich. Es war der Bursche, der bei unserer nächtlichen Flucht an die Rettung meiner Sandalen gedacht hatte. Mit keinem Blick deutete er an, dass er mich erkannte. Ich war weiß und daher nicht willkommen.
Am darauffolgenden Freitag war das frisch gechlorte Wasser eine Spur kühler und die Schar der Badenden rein weiß. Naiv erkundigte ich mich, was zum Teufel es

mit dem gestrigen Tag auf sich gehabt hatte. Befremdet wurde ich gefragt, ob ich denn im Wasser gewesen sei. Als ich bejahte, schüttelte man den Kopf. Jeder, der bei Verstand sei, wüsste doch, dass der Donnerstag für die Marokkaner reserviert sei. Viele von ihnen hätten Krankheiten. Danach müsse das Wasser gewechselt werden. Ich begriff schnell. Jetzt gehörte ich zur weißen Clique der OCP. Da hält man sich besser an die Regeln. An Donnerstagen habe ich nicht mehr gebadet.

7.

In der Folge bekam ich unter Tag Aufgaben zugewiesen, für die man des Lesens und Schreibens kundig sein musste. Bei Schichtende hatte ich die Zeiten notiert und wie weit der Bau des Transporttunnels voran geschritten war. Achmed erklärte mir meine Aufgabe , und ich war stolz, den Ablauf oft mehrere Tage ohne Aufsicht zu leiten.

Gerade als ich anfing, mich für unentbehrlich zu halten, wurde mir von oben ein Wechsel verordnet. Ich wurde zu den Vermessern versetzt. Wieder ohne jede Vorherwarnung. Nicht einmal den Teams konnte ich „bacha tirkum" oder „au revoir" sagen. Nur der allzeit gut informierte Achmed erschien und machte mich mit einem Ingenieur aus dem umfangreichen Stab der Vermesser bekannt. Es war der Gleiche, der unter Tage die Genauigkeit des Stollenvortriebs überprüft hatte, ein Elsässer, er mochte um die fünfzig sein, für mich ein alter Mann. Ich wurde seinem Team zugewiesen.

Die Arbeitszeit blieb die Gleiche, aber jetzt wurde ich jeden Morgen um viertel vor sechs vor unserem Hotel abgeholt. Das war entschieden angenehmer. Mit zwei

Geländewagen fuhren wir in die Wüste und begannen mit dem Goniometer einen Punkt in weiter Ferne zu bestimmen. Die Entfernung von eineinhalb Kilometer wurde per Hand mit dem Bandmaß gemessen. Alles wurde zur Sicherheit zweimal wiederholt. Ich erfuhr schnell, warum es so genau sein musste. Durch die Koordinaten und die von uns ermittelte Entfernung wurde der exakte Standort eines neuen Schachts festgelegt. Der würde irgendwo in der Wüste von oben nach unten getrieben werden – und sollte doch bitte schön auf den Stollen treffen, der an dieser Stelle – unsichtbar von oben – in dreißig Meter Tiefe im Boden verlief. Jetzt verstand ich, warum wir auch untertage so genau arbeiten mussten. Mittlerweile hatten wir Hochsommer.

Zum Team gehörten außer mir zwei französische Vermesser und zwei marokkanische Helfer. Und alle arbeiteten von sechs bis elf Uhr. Dann war es brüllend heiß. Manchmal bis zu fünfzig Grad. Höchste Zeit für den Tee. Stand irgendwo ein einsamer Baum, wurde unter ihm ein kleines Feuer entfacht. In einem Kupferkessel wurde Wasser erhitzt. Hände voll grüner Blätter der Minze wanderten in den Kessel, zusammen mit großen Brocken weißen Zuckers, der von einem Kegel abgeschlagen wurde. Das ging jeden Tag so. Ich liebte diese Unterbrechung. Wider Erwarten wirkte der heiße, sehr süße Tee trotz der herrschenden Hitze erfrischend. Für mich war es das erste Getränk des Tages. Meistens die erste Substanz, die überhaupt durch meinen Magen ging, denn die OCP zahlte kein Taschengeld sondern in Naturalien. Sie hatte sich nicht lumpen lassen. Das Hotelzimmer war für mich frei, desgleichen eine kostenlose Mahlzeit. Das war nicht übel, aber ich brauchte ein

Nebeneinkommen. Ich dachte dabei an das Angebot der Travaux Souterrain. Die OCP jedoch brauchte mich nicht. Sie hatte ein ganzes Team, das die Massenberechnungen ausführte. So konnte ich mir kein zusätzliches Taschengeld verdienen. Ich vermisste Monsieur Gerain mit seiner unaufdringlichen Fürsorge. Bei der OCP hatte ich bisher nur mit Achmed Kontakt gehabt, neuerdings natürlich auch mit Monsieur Dupont, dem Vermesser. Beide waren an meinen Lebensumständen herzlich wenig interessiert.

Der Wirt des Hotel de Paris, in dessen Restaurant ich das Abendessen der OCP mit ein paar Glas Wasser einnahm, hatte mein gelegentliches Geklimper auf der Gitarre gehört und regte an, ich könne am Abend in seiner Kneipe ein paar Lieder vortragen. Also lernte ich die Texte zweier gerade populärer Schlager und gab sie zum Besten. Der Applaus hielt sich in Grenzen. Irgendwer musste die Liedchen schon besser gesungen haben. Der Wirt servierte Wein zu meinem Abendbrot, kein Geld. Aber wieder machte ich die Erfahrung, dass auch bescheidene Künste ausreichten, um das Interesse der jüngeren Damen zu erregen. Entgegen der Prognose von Monsieur Gerain waren einige von ihnen nett und nicht so zickig, wie von ihm prophezeit.

8.

Die Ebbe in meiner Kasse wurde schließlich durch meinen Onkel behoben und Jean-Pierre stand wieder auf den Füßen, ohne Schmerzen zu empfinden. Zu zweit gondelten wir auf dem Motorrad in die Hauptstadt. Onkel Otto war ein Mann mit einem Herz aus Gold und einer schillernden Vergangenheit. Nicht ohne Grund hatte er sich bei der Legion gemeldet.

Am 9.11.1923 war er gemeinsam mit seinem Führer Adolf Hitler zur Feldherrnhalle in München marschiert. Bei dem Feuergefecht wurde er leicht verletzt und wie viele andere steckbrieflich gesucht. Er floh nach Frankreich und ging zur Legion. Während der Kriegszeit wurde er von den Franzosen interniert und musste in einem Bleibergwerk südlich der Oase Erfud arbeiten. Er war Mechanikermeister und die französischen Männer in Nordafrika wurden von General de Gaulle für den Krieg gebraucht. So avancierte der Kriegsgefangene zum Leiter der Mine. Nach dem Krieg heiratete er und lebte in Rabat.

Er liebte es seine Geschichten zu erzählen, an den richtigen Stellen tief und laut zu lachen, damit wir wussten, wann es lustig war. Er hatte erkannt, dass in meiner Kasse ewige Ebbe herrschte. Seine Art mir gelegentlich ein paar Scheine zuzustecken, ohne mich in Verlegenheit zu bringen, verriet den Gentleman.

Natürlich versäumte ich es nicht den Studentenclub zu besuchen. Ich war überrascht. In den paar Monaten hatte sich ein grundlegender Wandel vollzogen. Junge Marokkaner prägten das Bild. In den tiefen Sesseln knutschen einige von ihnen mit weißen Mädchen. Ähnliche Szenen hatte ich bisher nirgendwo gesehen. Mein Blick suchte nach dunkelhäutigen Studentinnen – natürlich Fehlanzeige. Als einzigen Bekannten traf ich auf unseren Schlagzeuger. Er sah meinen verstörten Blick und zuckte die Achseln. Der alte Mann, der das Messing an der Bar poliert und für Holz gesorgt hatte, war verschwunden – in dem offenen Kamin brannte kein Feuer.

Zurück in Khuribga hatte ich ein spaßiges Erlebnis, das mir den Ruhm eines begnadeten Mechanikers einbrachte. Anfängerglück. Mit Dupont, dem Vermesser am Steuer eines Vehikels, das halb Geländewagen, halb LKW war, fuhren wir durchs Gelände in Richtung Oued Zem. Die Piste wurde durch leere Öltonnen markiert. Die Hitze war mörderisch. Auf der Ladefläche lagen Teile, die zum Bau eines Festpunkts für die Vermessung dienten.

Dann geschah es. Der starke Benzinmotor schluckte plötzlich und gab gleich darauf seinen Geist auf. Was tun? An meinem Motorrad war ich gewöhnt, fast alles selbst zu reparieren. Das besagte nicht allzu viel. Dupont hingegen verstand nichts vom Innenleben des Wagens. Ich öffnete die Haube und hatte unverschämtes Glück. Der schwache Geruch von verbranntem Bakelit stieg mir in die Nase. Mein Blick fiel auf den Zündverteiler. Auch mein Motorrad hatte ein solches Teil. Der hier sah ähnlich aus. Also öffnete ich ihn. Misstrauisch bctrachtete ich Schräubchen und kleine Stahlfedern, die lose im Gehäuse lagen. Sie waren noch warm. Ich pickte sie heraus und verstaute sie sorgfältig in der Hosentasche. Vielleicht musste ich die kleinen Spielverderber ja wieder einbauen. Versuchsweise schloss ich die Verteilerdose und bat den Vermesser zu starten. Ich lauschte mit Misstrauen. War aber nicht nötig. Dupont drehte den Schlüssel und der verdammte Truck sprang wieder an. Der Motor lief unrund, aber er lief. Wir befanden uns im Niemandsland. Handys gab es damals nicht. Man hätte uns wohl erst nach ein bis zwei Tagen gefunden.

An der Bar erzählte jetzt mein Fahrer gestenreich, was sein Stagiaire alles aus dem Motor gefischt und dann total cool über die Schulter in den Wüstensand geworfen hatte. Man spendierte mir mehr Bier, als ich sonst trank. Die Stimmung lockerte sich. Ich merkte rasch, Franzosen, die in Marokko geboren waren, ahnten, dass ihre Tage als Mineningenieure in Khuribga gezählt waren. Aber hier war ihre Heimat. Die Vorstellung, nach Frankreich ziehen zu müssen, bedrückte sie.

Wie das bei Jugendlichen so ist, mit einiger Verzögerung hatte ich auch Zugang in die Familien Gleichaltriger gefunden. An das Land mit den Wahnsinnstemperaturen hatte ich mich gewöhnt. Aber ich musste zurück nach Deutschland. Das Ende meiner Zeit in Khuribga kam so schnell wie der Anfang. Von der OCP erhielt ich ein weiteres Certificat de Stage, ein Zeugnis. Nicht so gut, wie das von Monsieur Gerain.

Fast sechzig Jahre sind seitdem vergangen. Die Zeugnisse gingen verloren, auch der unbekümmerte Elan des Stagiaire. Ein paar Erinnerungen wurden beim Schreiben hochgespült – selbst einer der alten Schlager, den ich in dem Restaurant vorgetragen hatte. Jetzt zieht er mir wie ein Ohrwurm durch den Kopf.

Die Autorinnen und Autoren

Bärbel-Wiebke Rasmussen-Bonne
*1942, wohnhaft in Bonn, Grundschullehrerin,
Veröffentlichungen von Lyrik und Kurzgeschichten in
Anthologien*

Barko Bartkowski
*1962, Chemiker und Computerfachmann,
schreibt Kurzgeschichten, weil das eben ganz was
Anderes ist.*

Christel Kehl-Kochanek
*Lehrerin, schreibt Prosa und Lyrik aus Freude am
Gestalten. Veröffentlichung in zahlreichen Anthologien*

Claudine Landgraf
*in Paris geboren, lebt in Eschmar.
Schreibt, weil es ihr Spaß macht.*

Dirk Breitenbach
*1967, Polizeibeamter a.D. und Freizeitliterat,
verheiratet, eine erwachsene Tochter, lebt in Sankt
Augustin.*

Elisabeth Heydel
*1942 – Schon als Kind hat es mir gefallen, mir
Geschichten auszudenken und sie aufzuschreiben.
Tatsache ist, ich habe einfach nicht damit aufgehört.*

Horst Marsollek
*1936, Architekt, lebt in Bonn. Schreibt Unernstes, Satirisches, Groteskes.

Maria Uleer
*1945, verheiratet, drei Kinder; Spanischdozentin, Autorin (Kurzgeschichten, Roman); lebt in Sankt Augustin.

Rosemarie Pfirschke
Sankt Augustin. Kurzgeschichten in verschiedenen Anthologien.

Rüdiger Kaun
*1943– Ich war Lehrer für Deutsch und Philosophie und schreibe Kurzgeschichten seit den neunziger Jahren.

Wolfgang Kaufmann
*1937, verheiratet, drei Kinder. Ehemaliger Berufssoldat. Ein politisches Sachbuch, ein Unterhaltungsroman. Lebt in Siegburg.